Ludwig Weibel
**Deiner Bitte füge Ich
Vollenden zu**
Aus dem Sein gediehen

Books on Demand

Bibliographische Information der Deutschen Nationalbibliothek. Die Deutsche Nationalbibliothek verzeichnet
diese Publikation in der deutschen Nationalbibliographie,
detaillierte bibliographische Daten sind im Internet über
http://dnb.dnb.de abrufbar.

© 2022 Autor: Ludwig Weibel
Herstellung und Verlag:
BoD – Books on Demand, Norderstedt
ISBN 9783756220977

Ludwig Weibel

Deiner Bitte füge Ich
Vollenden zu

Inhalt

1

Melodien lass Ich rauschen

1.1

Melodien lass Ich rauschen, wunderbar melodische Gesänge, durch die hochgewölbten Räume klösterlicher Einsamkeit, Manierlichkeit und Harmonie. Sie wallen auf und nieder, hin und wider durch die zeitenlose Atmosphäre sinngeladener Glückseligkeit, in die auch Ich Mich wesenhaft, gutgläubig und gewissenhaft vertiefe.

Ich habe Mich von selber in die Freiheit reinen Heiterseins und Seligseins entlassen, die Mir soviel bringen, wie es vordem niemals wirklich war. Es vermischten sich die trefflichen und miserablen Dinge pausenlos und nun sind sie fein säuberlich getrennt an ihren Destinationen.

Du kannst dich jederzeit und jedenfalls dorthin begeben, wo Frieden herrscht und Harmonie, Uneigennützigkeit, Wahrhaftigkeit und Willigkeit in einem. Was ist es schade, dass du nicht schon früher Meinen Pfad der Seinsbewusstheit, Vatergüte und Vollkommenheit betreten hast, um all das auszukosten, was *Ich* dir Bin und dir in bester Absicht und Verfügung zugesprochen habe.

Kommst du, kommt alsogleich mit dir die Quittung und Bestätigung für deine mannigfachen Liebestaten. Ich durchschaue und durchnestle sie nach alledem, was noch nicht oder nicht mehr zählt in Meinem Reich der Hochpotenz, Beschaulichkeit, Natürlichkeit und Wonne am Gestalten.

Mir ist alles angeboten, was es zu verwirklichen und abzuschätzen gilt, heraus aus geistigen Gefilden und Entfaltungen, Metamorphosen und extremen Billigkeiten Meinerseits im Seinsverfahren.

Es wirkt was wirken soll allüberall und sonderlich gerade auch in dir, direkt von Meinem Puls und Paternoster ausgegeben. Ist das nicht berückend und bedrückend schön, alles nur von Mir und Meiner Unbescholtenheit und Gottesgüte in Empfang zu nehmen.

Ich will, nun geht es immer weiter so mit dir, wenn du nur spurst und die subtilen Spuren liest, die Ich voll Zuversicht und Zartheit vor dich hin gelegt. Auf diese Weise wird sowohl dein Wille, wie der Meine pausenlos und fabelhaft erfüllt, um so das Weltenall zu stärken und es in jene Form zu bringen, wie es Mein Ideal ist, Meine Stellungnahme, wie Mein überragendes Mich-selbst-Entfalten in des Universums sternenstrahlendem Profil.

1.2

Einen schönen lichten Tod kann Ich dir bieten, wenn du glaubst, dass deinem Wesen nichts geschieht, weil es das Meine ist in so und soviel künstlerischen Variationen. Du legst den Körper ab und frisch und fröhlich geht es weiter mit dem Dasein, in des Geistreichs wunderbar besiegeltem, geschniegeltem und offenbaren Seinsbetrieb.

Da kann Ich dir nur raten: Mach dich zeitig auf die Socken und verliebe dich in Mich und alles, was Ich als Meinen Anhang und Mein Resümee, Mein Donnerwetter und Mein Blätterlispeln mit Mir führe.

All dies mag dir gegenwärtig noch so kurios, unwirklich und verworren scheinen, es *ist* und bietet mehr als alle deine Kinkerlitzchen, Prophezeiungen, Befruchtungen und Pubertäten, die im Irdischen wie eine Tollpatschherde vor dir her kutschieren.

Die enormen Quantitäten, die in deinem Reich durch Raffgier, Prosperität und ungenierte Sackgebühr entstehen, müssen sich in Qualität verwandeln, die von Meinem Universum kommt, genau zu deinen Füssen.

Was dir wirklich frommt, ist längst in Meine Zauberfibel eingetragen und ist der Inbegriff des Dich-ins-reine-Sein-Erheben in den Welten über dir. Dein Dich-selbst-Begreifen feiert bald und bälder Urständ in dem Meinen und beseligt dich in einem Mass und Muster, das du vordem nie gekannt, gekostet und erfahren hast in deinen mannigfachen Clustern und Konglomeraten.

Bei Mir ist alles einem und demselben Götterwillen unterworfen, ist koordiniert und friedvoll von Mir angeführt wie eine Schäfchenherde von dem stillen Wandrer mit dem Hirtenstab. Das gehört sich auch für dich und deine Angehörigen, die sich in Wellen, Wirkungen, Seinsmodalitäten und Begriffen immer mehr vereinen ,bis sie nur noch eines sind in Liebe, Seelenjubel, Heiterkeit und ausgesprochener Glückseligkeit in Mir.

1.3

Das Unmögliche möglich zu machen ging Ich aus und siehe da, es glückte und beglückte Mich mit überragender Bravour. Du suchst das Wagnis immerzu und suchst es mit dem Glücke zu verbinden, das dich beim gebührenden Erfolg beseelt in der Gefühlswelt hocherhaben.

Das Monetäre suche Ich in Flüsse ein- und umzuleiten, die es wohlbekömmlich, sakrosankt und würdig halten, damit es allgemein zur Wohlfahrt wird im seinsgerechten Zirkulieren.

Hand in Hand mit dir und deinen Angelegenheiten will Ich durch das Zeitmass gehn, das Ich dir im Irdischen vollbusig, griffig und konform mit allem, was da *ist*, beschieden habe. Du spürst, wie sich ein etwas in dir regt das besser als du selbst Bescheid weißt, wie dein Leben sich entfalten und gestalten, konkretisieren und rangieren muss, damit es sinnvoll wird und sagenhaft in einem.

Lallst du, so lalle Worte des Vergebens jeder Untat, die man frevlerisch an dir beging. Nur auf diese Weise kann der Friede einziehn in der Menschenwelten Provisorium und und Plackerei, Dezidiertheit und Fanal.

Klammheimlich folge Ich ein jedem Schrittchen, das du unternimmst, um zweimal vor und wieder eins zurückzukommen auf der Fahrt in Meine Geistesgründe, Schlünde und Verstiegenheiten. Das wird dir jetzt, wie anno dazumal, geschehn, wo noch die Kerzenlichtchen flackerten, um blasse Helle zu verbreiten.

Verblasstest du, gilt längst nicht alles als verloren, was du dir errungen hast in deines Lebens Lust und Würfelspiel. Des Lernens Kapriolen, Kuriositäten und Kaprizen bleiben dir konkret erhalten in dem Weltgedächtnis, das Ich im geringsten wie im grandiosen ständig weiterführe. Das erhebt dich dann und drückt dich nieder, damit du immer weiterkommst in deinen prächtigen Ambitionen. Sie gehen darauf aus, dich schliesslich hochbeglückt und gottesfürchtig, ewig heiter und von Mir beseligt in das geisteshelle Universenreich zu hieven.

1.4

Ich Bin der Weltengottheit Zungenschlag und Kehlkopf, die da zu dir spricht: Verhalte dich wie einer der da weiss, wie sich die Dinge seinsgerecht und sinnenfällig, grossmütig und galant zusammenfügen. Das hat seinen Platz und bestätigt, was die wahrhaft Klugen und Besonnenen schon immer wussten, dass sie *sind* und Meinen Part auf's Schicklichste und Selbstverständlichste versehn.

Teilst du Meine Meinung, kannst du sie unbescholten, ungeniert und tüchtig über alle Lebensbühnen schreiten lassen und damit den wohldurchdachten Akten ihren Zauber, ihren Schmiss und ihre Seinsnatürlichkeit verleihen.

Machst du es so, so Bist du mächtiger als alle Spekulanten, Querulanten und Behinderer der freien Fahrt und Wohlfahrt in die Felder reinen Glückserlebens um dich her.

In *Meinem* Namen soll geschehn, was immer reife Früchte zeitigt und zierliche Verbindungen kreiert im Handumdrehn. Ich lasse wissen, dass sich Meine Art zu überlegen und zu überleben bislang bestens ausbezahlt, bewährt und hochgeschwun-gen hat ins unikate Weltenleben und -gedeihen offenbar.

Ich gehe mit Mir selbst durchs All spazieren und Bin ständig am Kreieren neuer Werte, die du dann nach Strich und Faden zu verteidigen und pflegen hast in deinen Daseinssektionen. Das ist die Masche, die Mich weiterbringt von A nach B, von Stern zu Stern und durch Äonen immer weiter durch`s Gewirr der Galaxien, Supernovaen, roten Riesen, weissen Zwergen und unendlichen Verheissungen im lichterstrahlenden Allhier.

Gewöhnliche sind von Mir dazu aufgefordert, sich des Desperaten, Liederlichen, wie Defaitistischen schleunigst zu entledigen, damit sie dann des Daseins singuläre Virtuosität in vollem Zug geniessen können. Somit kannst auch du dir nochmals überlegen, was du wirklich willst und was nach Meinem Sinnen soll auf deine Bäume Blüten pflanzen, wo der Wind der Hoffnung leise sirrend sie durchfährt.

Du Bist und kannst es nimmer leugnen und bist das Wesen des unendlichen Gedeihens an dir selbst, wie an der blütenreinen Wohlfahrt, die Ich seit eh und je allüberall auf's Köstlichste verbreite.

1.5

Wem hast du dich zuletzt verschrieben, dir selber oder Mir in Meinem seinsvermittelnden Gehaben? Du klagst und klammerst dich an Dinge, die du besser lassen würdest, damit sie dir nicht zum Verhängnis werden in der Glut der Leidenschaften wie in der des zornigen Erwiderns.

Ich halte es für ausgemacht, dass alle deine Sorglichkeiten, Prädikate und Verwerfungen diskret als hausgemacht verschwinden, wenn du dich Mir öffnest und durch Meinen liebevollen Einfluss heil wirst, heilhörig und verschwiegen.

Was Ich Mir Bin, kann nur in Freudenschüben enden, die vom Dort zum Hier und vice versa ihren Wohllaut geltend machen ohne jeden Anspruch auf ein Bakschisch oder Nötchen.

So hat alles in Mir sein Bewenden und vollendet sich, indem es in sich selber konsequenter, gravitätischer und krisenfester wird in den weltlichen Belangen, wie in denen, die der Himmel über Mich gezogen.

Neulich bist du so zerstreut gewesen, dass dich die Konzentration, auf was du Bist, verliess und deine besten Kräfte, Säfte und Betriebsamkeiten zu erlahmen drohten. Nur weil *Ich* zu dir komme, wenn Gefahr droht, wirst du wieder, wie das Bläschen Luft im Wasserglas, in Meine Höhen steigen als saniert, rehabilitiert und mit dem Siegeskranz umwunden.

Ich spreche nur, wenn es sich lohnt, die Lippen zu bewegen und gebe einen Ton von Mir, mit dem die Welt dazu bewegt wird effizienter, ehrlicher, glaubwürdiger und geistgefälliger zu werden. Das will heissen, dass Ich stets bestrebt Bin, bis in Universenweiten wirksam, relevant, potent und seinsgewiss zu laborieren, um dort alles wie gewohnt im Griff zu halten in allgöttlicher Manier.

Bin Ich so, so Bin Ich es genauso auch in dir mit allen Wertigkeiten und Schikanen, Trübungen und wunderbar gediegenen Erheiterungen, wie es üblich ist in paradiesischen Verhältnissen und Monarchien.

1.6
Im kosmenweiten Über-Mich-Verfügen Bin Ich Mir der Christus, an dem der Vater seines Wohlgefallens Züge statuiert und präzisiert, dass alle Universendinge an Mir hangen. Von Seinem Dasein ging Ich aus und zu Ihn Bin Ich bestimmt zurückzukehren zur allgeistigen, elysischen Natur.

Hast du das von Mir begriffen, wirst du einstens auch mit dir dasselbe tun, um dem allgemeinen Weltbild deines ungeniert hinzuzufügen.

Der Geist der Heiligkeit veranlasst liebevolle Taten, die dich zu Friedefertigkeit und Harmonie, Weisheit und unendlicher Beseligung führen.

Wächter Bin Ich über alles Streben nach moralischem Verhalten und Gestalten, Parodieren und Beseligen geworden. Alles, was Ich hierbei konstatiere, wird von Mir ins angemessne Lot und in die Liturgie der Andacht vor dem Herrn der Welt gebracht, der Ich Mir Bin in wesenhaft geformten, geisterfüllten Zügen.

Quergestellte lass Ich über ihren Eigensinn verfügen, bis sie sich selber ad absurbum, wie ins Fernweh von der Mitte allen Weltgeschehns, geführt und ausgelagert haben. Auch dann Bin Ich wie immer für sie da, um ihnen Absolution, Relieve und Anerkennung ihres guten Willens zuzuhalten.

Was auch immer Ich zu überwinden und zu meistern habe, lege Ich wie einer hin, der längst gelernt hat, locker und gewandt, liebevoll und krisensicher mit den Lebensdingen umzugehn. Sie bedeuten Mir, was da noch anders sein soll und bedeutender, beweglicherr und liebenswerter in des Alls Erringen und Befinden, Tonangeben und bewusstem Strapazieren.

In Mir geschieht, was immer schon geschehen sollte und was zu paradiesischen und seinsbeglückenden Verhältnissen und Synergien führt. Sie sind Mein Ein und Alles und ergänzen, was noch fehlte, in unendlich wohlbekömmlicher, beglückender und paradiesischer Manier.

1.7

Willst du dich, auf was du Bist, beziehen, kann das Rechte nur mit Mir und Meiner klassischen Befehlsgewalt geschehn. Bei Mir geschehen laufend Dinge, die du nicht für möglich hieltest und beginnen immer öfter haargenau dich zu betreffen in der Art und Weise wie sie vor sich gehn. Dabei liegt das Vermittelbare stets in Meinen hocherhobnen Händen und strömt aus ihren Fingerspitzen gradewegs zu dir und deiner Ambiance hinmunter, um dein Dasein wesenhaft und wirkungsvoll zuinnerst zu verändern.

Es geht nicht an, dass Ich mit Meinem Geistgenie schon so viel freies Land gewonnen und beackert habe und du noch darbend und ergebnislos darniederliegst. Dein geistiger Gevatter, der Ich Bin, kann dir da stante pede weiterhelfen, ohne einen Finger rührend, aber mit unendlich cleverem Bedacht.

Siehst du Mich so mit grossen Augen an, so kann Ich diese noch um etliches Vergrössern, indem Ich dich aus Meines Weltgewissens Fülle mit Gedankengut beschenke, das von Weisheit trieft und den Nagel auf den Kopf trifft in Bezug auf Präzision des Ausdrucks, Brauchbarkeit und Wesenhaftigkeit in einem.

Gehst du aus dir heraus, so kann Ich spornstreichs in dein Innerstes hineingehn, wo dein Seelensein sich abspielt und die Lebensdinge ihren eigentlichen Ursprung haben. Deine Motivationen *sind* und kommen alleweil und alsogleich damit zustande, dass *Ich* sie vorerst auf den Punkt wie auf den Nenner bringe und dass *du* sie dann im weiteren Verlauf als Grundsatz, Stütze und Motiv verwendest, um dich selbst im Nu um etliches voranzubringen im allweltlichen Betrieb.

Ich kenne dich, wie Mich am Besten von der Geistesseite her, von der sich alles wohlerwogen und gekonnt ins Universenweite bereitet, um es mit Faszinationen zu beleben, zauberhafter gehts nicht mehr. Da kommt Mein Wille erst so recht zum Zug und regt Begeisterung und Zielbewusstheit, somnambule Sicherheit im Vorgehn, wie unendliche Glückseligkeiten an.

1.8

Profanieren lasse Ich Mich niemals von der Masse derer, die von Tuten, Blasen und Sich-recht-Benehmen nichts verstehn. Ihre Phrasen gehen bei Mir links hinein und rechts hinaus als wären sie nie dagewesen.

Schonungslos verfolge Ich das Tun der Missetäter und Chaoten, die Mein Schöpfungswerk behelligen und untergraben wollen.

In *Meinem* Licht gedeihen alle schöpferfreudigen Ideen, die Ich ohne jeden Vorbehalt und Fanatismus, Mutwillen und mangelnden Respekt voll Verve und Willkraft zu verwirklichen habe.

Stösst dir etwas sauer auf, das von Mir in die Welt gesetzt und liebevoll gehätschelt wird, so will Ich es für dich allein versüssen, damit es schmackhaft werde unter deinem delikaten Gaumen.

Ich kann es kaum erwarten, dass die pflichtgetreuen Elemente endlich und unendlich rasch zum Durchbruch kommen, mit dem was sie sich ausgeheckt und liebevoll ersonnen haben. Ihrem

Drive gemäss will Ich Mich ungesäumt auf ihre grüne Seite schlagen und selbander mit dem, was sie sind, den Sieg erringen in der angeforderten und gutgeheissnen Disziplin.

Pasternak war auch ein Mensch wie du, doch konnte er sich auf das Werk besinnen, das sich in Meinem Sein zu regen und verwirklichen begann. Da half er kräftig mit und führte vieles zur Vollendung, was Ich angebrochen, ziseliert und gerade von ihm fortgeführt und sinngerecht behandelt haben wollte.

Von Prestige ist bei Mir niemals die Rede, weil die Weltendinge sowieso exakt und punktgenau auf Meiner Linie liegen. Da kann niemals etwas schiefgehn, ausser du funkst Mir dazwischen und behinderst manchen klaren Flusses Lauf mit deinem Trübsinn und vergiftenden Gehaben.

Geht es nach Mir, wird alles, was da universenweit voll Weisheit angesponnen ist, aufs Wunderbarste sich vollenden und zu einem Hit der Weltenzeiten werden, die es eben dafür brauchte in glückseligmachenden Äonen.

1.9

Wogegen Ich Mich wehre, sind die vielen arg verzerrenden Vermutungen darüber, was Ich Bin, in Meiner vollen Seinsbehauptung überall wie auch in dir. Geschwätzige sind rasch bereit, aus Mir ein Phänomen zu konstruieren mit so und so viel Fingern, Armen oder Beinen, die allesamt ins Fabelreich gehören. In Wahrheit Bin Ich nicht mit Stofflichem und Kratzebürstigen zu vergleichen. Mein Wesen wallt in ständig sich verändernden, unfasslichen und fabelhaften Formen durch den

Äther der Unendlichkeit, als Sein vom Sein in sinnbegabten Affirmationen.

Somit bestätigt sich, was Ich schon immer vehement vertritt und auf den Sockel heben wollte, dass Mir selber nichts gebricht, was sein soll und dass noch alles koscher und geniessbar ist, was Ich schon seit Äonen in Mir zum gefälligen Gebrauch gehütet habe.

In Mir ist alles Wohlgehalt und Stärke, Einzigartigkeit und eminentes Mich-Besinnen-auf-Michselbst, an dem Ich Mich in Grossformat ergötze. Mein Bewusstsein ist ins Universenweite ausgedehnt und ausgezogen und bedient ein jegliches Geflüster und Gelichter, Gleissen und Markieren mit Bravour. Du kannst Mich ohne weiteres als alles überragendes Genie und glattgestrichenes Idol der Selbstverständlichkeit bezeichnen, dem nichts fehlt und das mit unnachgiebiger Konstanz agiert, als wäre vordem alles nichts Bedeutendes gewesen.

Die Kontrolle über Mich ist absolut mobil in der vollendeten Manier, Manie und Mustergültigkeit, mit denen Ich die Gottesfurchen durch die brache Menschheit zieh. Das ergibt dann reife Frucht mit den potenten Samen, die Ich geisteswissenschaftlich eingestreut und eingesät, vertieft und sanft verrieben habe.

Mir allein obliegt es, so zu handeln und umher zu wandeln, dass alles stimmig ist zum vornherein, was immer Ich im Weltall unternehme und dass es keine Lücken gibt, die Ich nicht auszufüllen und zu nutzen weiss in Meinem sinngerechten Handeln

und das Weltensein-aufs-Köstlichste-und-Kuri-
oseste-Begreifen.

1.10

Liebe, Frieden, Freude ström Ich in dein Herz und
lasse Sehnsucht nach dem Himmel in ihm walten.
Kraft von Kraft erfüllt dich aus des Seins erhabnen
Regionen, die belebt dich wunderbarerweis mit
ihrem Innewohnen.

Aus den Höhen ruf Ich deine Seele an, sie zum
Wandel anzuregen. Wie verträumt sieht sie sich
dann von Mir betreut und hingeführt zu neuen
Stufen.

Ich nur kann Mich unverzüglich durch die Büsche
schlagen, weil bei Mir kein Zeitgefühl besteht im
Allbefragen.

Hingegen liesest *du* Romane, beginnen sie sich
bald vom Hundertsten ins Tausendste zu dehnen,
als ob sie nie zu Ende gehen wollten. Das heizt die
Langeweile an sowie das bittersüsse Gähnen, das
für nichts und wieder nichts entsteht.

Willst du etwas konstruieren, komm Ich dir stets
zuvor mit trefflichen Ideen und Verwirklichungen,
die der Sache Schub und Unbekümmertheit
verleihen.

Planlos sollst du nie agieren, weil die angerissenen
Projekte dann sehr bald einmal mit Zetermordio und
unter Ach und Krach und Säbelrasseln in die Irre
gehn.

Liebst du Tomaten? Ich kann dir davon ganze Felder offerieren mit der Absicht, dir das Rote wirklich schmackhaft ins Gemüt zu senken.

Was an dir gekonnt ist, wird so bald nicht mehr verkümmern, es sei denn, du verlierst den Faden, wenn du es wie üblich immer wieder abspulst mit unendlichem Behagen.

Gerne gross wirst du wohl sein, doch musst du dann von klein auf urgeduldig üben, bis die Resultate griffig, pfiffig und bedeutsam werden in der Galerie von deinen Meistertaten.

Was du immer tust, kommt Mir gerade recht in Meinem Eifer Neues zu erwarten und von irgendwem behandelt und in guten Treuen produziert zu sehn. Vieles kommt Mir dann zupass, gerad heraus wie auf geölten Schienen, befriedet Meinen Hungerast und vermag Mich zu begeistern in der Art und Weise, wie es sich vor aller Welt und Wirtschaft präsentiert.

Was Ich Mir sehnlich wünsche ist dann doch einmal ein friedevolles und beschauliches Gemüt, an dem die Weltendinge leichterdings und graziös vorüberdriften. Hell wird es dann und heil in Meiner Seele Sein und Sinnen und versetzt sie in den Zustand schwebeleichter, griffiger und heiterer Glückseligkeit im Unerhöhrten.

So zu werden und zu sein wird einst auch dir gestattet und beschieden und wird dich im Unendlichen aufs Trefflichste befrieden.

1.11

Wer bringt die Korrekturen an, die fähig und gefällig sind, in Meinem Haushalt von enormem Ausmass und Bedingen? Ich selber, weil Ich es in Meiner Weisheit und Geschlffenheit, Versiertheit und Entschiedenheit mit Nachdruck kann und keine Mühe scheue, es mit Bravour und Benefice auch zu vollbringen.

Ich trumpfe auf, weil Meine Karten ständig stimmen und mache Mir kein Hehl daraus, dass Ich konstant gewinne, wo andere mit gleicher Regelmässigkeit verlieren.

Worin bist du bewandert, wo *Ich* es nicht mit gottbegnadetem Gewicht auch Bin und wo hast du gewonnen, ohne dass Mein götterlichter Name noch vor deinem auf der ellenlangen Liste stand?

Wie bringe Ich`s nur fertig so zu sein, wie's billig ist von Tag zu Tage, frägst du dich und vergisst dabei, dass *Ich* ja in dir als Tausendsassa und Vollbringer exquisiter Taten wohne.

Will Ich was, so ist es Mir ein Leichtes, es geziemend und bewusst, partnerschaftlich und stabil auch auszuführen, irgendwo in den Allweiten Meiner Gegenwart, Glaubhaftigkeit und liebevoll gesichertem Agieren.

Der Erstling wie der Zweitling aller kosmisch aufgefächerten und eingegliederten Ereignisse Bin Ich mit einer Dominanz von überragendem Bedeuten. Was immer in der Welt geschieht, ist Meines Seinsgewissens Wucht und Unterfangen und kann von niemand, weder eingeholt noch irgendwie bestritten werden.

Im Kleinen *Bin Ich* ebenso, wie in den Verzierungen der Universenräumen mit Gestirnen, Farbennebeln, Galaxien und Geschwindigkeiten von enormen Ausmass, grenzenlos und solitär.

Ich giesse Wasser auf die Mühlen der Allherrlichkeit, die Ich Mir jetzt wie ehdem stets zugutehalte und verbinde Zweck mit Ordnung, Edelmüdigkeit mit Harmonie sowie Glückseligkeit mit der Erfahrung, dass Ich Bin der Einzigartige der *Ist* und ewig währt im Unergründlichen.

1.12

Ich kenne die Geschichte Meines Seins bis auf den Grund und kann Mich ihrer nach Bedarf umfassend und geniesserisch bedienen. Was immer Ich an ihrem Lauf betrachte, trägt das Siegel der vollkommnen Meisterschaft im Denken, Sein und Tun. Auf den Grundgehalt in allem kommt es an und der ist flächendeckend und global von Liebenswürdigkeit, gestalterischen Flair und Schöpferkraft durchzogen.

Ich habe Mich noch nie geniert, die Wahrheit unverblümt daher zu sagen, damit etwelche Quereleien, Unvernünftigkeiten und perfide Ängste ausgeräumt und weggewiesen werden. Das geschieht im laufenden Prozess, den Ich mit gutem Recht veranlasst habe.

Manifeste *Meiner* Art und Weise sind bestens dazu angetan, die guten Leute aufs Gediegenste zu unterhalten und ihnen beizubringen, wie man *ist* im Kreislauf, Konvolut und Trachtensfest der kosmischen Gewalten.

Meine mystischen Gestalten zupfen ihre Harfen ganz besonders zart und morgenschön, obschon sie sie zumeist im Abenddämmer durch den Äther klingen lassen. Das ist Meinem Sprachwitz zu verdanken, der mit unendlich preziösem Feingefühl und Tonfall Filigrane filetiert aus dem grandiosen Ganzen, das Ich im Unendlichen begeistert intus habe.

Wie erklärst du dir die Herkunft dessen, was vor deinem Augenblinzeln ungeniert und unbekümmert promeniert, um sich ins rechte Licht zu setzen, seiner träfen Meinung nach. Ich lasse alle, wie sie`s eben wollen, ihren Ausdruck finden und empfehle ihnen nur, was oftmal besser und beschaulicher gewesen wäre, in dem Lernprozess, den sie galant und lebelang zu absolvieren haben.

So sind denn alle Mühen und Mandate Meinerseits darauf gerichtet, dich ein wenig klüger und gerissener aus allem, was du Bist, hervorgehn und klassiert zu sehn. Was Ich tunlichst zu vermeiden suche ist, dir Meinen Willen aufzudrängen, damit du dich im Freilauf ungeniert entfalten kannst, nach deinem gütigen Vergnügen.

Betrachte so dein Sein und Trachten und sei überglücklich und aufs Köstlichste saniert in ihm.

1.13

„Ich erwache zu Mir selbst sowie der Tag beginnt, an dem Ich ES in Mir erwachen seh", sollst du dir täglich, stündlich sagen. Dieses Mantra wird sich dir von selbst ergeben in dem Mass, in dem du dich präziser auf die Lebensdinge konzentrierst und alles um dich klarer wahrnimmst, als wär es immer so gewesen.

Du wirst es dann schon noch erfahren, wie galant dir die Erkenntnisse im Zustand der Gedankenlosigkeit von Mir geschenkt und zugehalten werden. Das ergibt dann Sinn um Sinn und wunderbar gesittete Verquickung mit dem All und dem Allwesen, das Ich Bin, seit Myriaden.

Du wanderst, wandelst ohne Einhalt durch die Weltenzeiten und erfährst so nach und nach, wie sich die vordergründigen wie hintergründigen Ereignisse, Impulse und Empfindsamkeiten zu einander regelrecht verhalten und aus Meiner Sicht und Sendung niemals in die Irre gehn.

Tragfähig ist, statt tragisch, was auf der ganzen Lebenslinie, von Mir inszeniert, geschieht und dazu beiträgt dich wie Mich im Innersten, Geheimsten und Getragensten unendlich zu bereichern, Tag für Freudentag.

Ist etwas guterdings und lebhaft, elegant und schlank zu einem Ende und Verdienst gekommen, schlage Ich sogleich ein neues Zelt, Kapitel, Kuriosum und Summarum auf, um das Universensein noch weiter und herzinniger aufs Wunderbarste zu beleben. Das macht Mir keiner nach, es sei denn, dass *Ich* es ihm gebührend vorgekocht und bis ins Detail gutgeschrieben habe.

Meine Dinge sind ins All geworfen, ohne jemals sich zu überwerfen und das wird mit den Deinen auch geschehn, sowie du Mir genügend ähnelst im gottselig mündigen Gehabe.

Plausibel ist dann alles, was du denkst und tust und wird sich sinngerecht durch die Äonen winden die ihnen zugedacht und zugestanden sind.

Im Weiteren ist nicht mehr viel zu sagen, aber umso mehr zu sein in deinem Richtwert, wie in deinem wunderbar gesättigten Verhalten, glückerfüllt, holdselig und aufs Äusserste gediegen.

1.14

Im Sein gelassen Bin Ich zwar, doch nicht im Mindesten allein, weil Ich Mich in Myriaden Helfer. und Verwalter, Träger und Gestalter aufgeteilt und eingemittet habe.

Was immer kostbar ist und seriös, freudebringend und ermunternd, habe Ich seit eh und je getan, um Meiner Schöpfung alle Ehre und Verherrlichung zu erweisen, wie`s ihr auch von allem Anfang an gebührt.

Beliebig oft wird es Mir ausserdem gelingen, Mich so zu präsentieren und verwirklichen, wie es Mir eben einfällt und Gefälligkeit bewirkt in Meinem Seinserleben.

Hast du begriffen, um was es hier schlussendlich geht, so wirst du selbst im Schöpfersinn und Wohlgehalt agieren, Meinen Weisungen gemäss.

Ich walle auf und walze nieder, wie es die Situation verlangt, in der Ich Mich von Fall zu Fall befinde. Da kann es ja nur gut gehn, weiss Ich zu berichten und Mein Sinnen nach den Sternen auszurichten, die Mir treu zur Seite und Verfügung stehn.

Was die Redlichkeit betrifft, kannst du an Mir ein regelrechtes Beispiel nehmen. Ich schwärze niemand an, verlange jedoch unerbittlich, dass er sich alle Mühe gibt, wahrhaftig, blendend weiss und weise aufzutreten. Das macht Stimmung und stimmt haargenau mit allem überein, was *Ich* Mir jemals vorgenommen und in aller Form verwirklicht habe.

Eher leise tret Ich auf, jedoch bestimmt und folgerichtig, inspiriert und abgerichtet von der Macht und Pracht Elysiens am Hirtenfeuer Meiner selbst gediehen.

Du brauchst dich nicht zu wundern, wenn, was in der Welt geschieht, die Züge grandiosen Denkens und Gefühls zu Markte trägt, so wie Ich es eben kann und würdig finde für das Sein, das Ich in sakrosanktem Ebenmass und Equilibrium vertrete.

So soll und wird es immer sein unter Meiner allbeglückenden und seinsentzückenden Ägide.

1.15

Dahin Bin Ich gekommen Kräfte zu entfalten, die das All gestalten und erhalten vor- und hinterher. Meine Absicht ist es, was Ich Mir geworden Bin, in Tat und Wahrheit zu verewigen, damit es darin seinen Sinn erhält, seine Würde und sein Alfabeth der Hoffnung auf noch viel viel mehr.

Kannst du ermessen, was es heisst, in solche Höhen aufzusteigen und sich dabei im Abergründigen geziemend zu bewahren? Gerade das jedoch hab Ich seit eh und je mit alles überragender Bravour getan und werde es auch weiterhin genauso tüchtig, süchtig und entschieden halten.

Was bei Mir und Meinem Anhang gang und gäbe ist, soll künftig auch bei dir das Richtfest und den freudevollen Einzug halten. Deine Fähigkeiten sind den Meinen ebenbürtig, weil sie aus Mir hervorgegamgen sind und entpuppen sich im Lauf der Zeiten als genauso wirksam, wundertätig und verblüffend wie die Meinen.

Kannst du singen, singe ständig deines Daseins Lob und entfalte es mit Meinem werk- und wirkgetreuen zum berauschenden und überwältigenden Chor der Myriaden Stimmen, die sich im Jubel über alles Weltgeschehn ergehn.

Mein Sein ist rein und heil wie alleweil geblieben und erfüllt sich mit der Weihe an sich selbst in dir, wie im Gemüte derer, die ihr Sinnbild und Bewusstsein in den Raumesweiten und Gezeiten Meiner Gegenwart aufs Innigste gefunden haben.

Ich hole dich und hole immer wieder ein, was du vor Mir her als Nouvellist und Novellist erfunden und als gut befunden hast in deinem Chargon und geziemend Über-dich-Verfügen. Damit willst du es verbessern und veredeln in der innersten Struktur. Das ergibt dann eine wundertätige Synthese zwischen dir und Mir und erfüllt das ständige Verlangen aller Geistgebornen nach elysischem Entzücken und Beglücken im Allhier.

1.16
Ich habe dir versprochen, Mich um deiner Seele Wohl zu kümmern alleweil durch deine bravourösen, schicksalhaften Erdentage. Das stimmt mit allem überein, was Ich bis dato für dein Heil getan und ausgeheckt und eingeschüttet habe.

Ich erwähne das, damit du einsiehst, wie konsequent und kompetent Ich es gewohnt Bin vorzugehn, um Meinen Plänen für die Menschheit

Form und Fassung, feierlichen Wohllaut und Respekt zu erweisen.

Du bindest dich an viele ordinäre Dinge und bist dir nicht bewusst, wie sehr und sicher sie dich daran hindern, Meinen Weg zu gehn und Meiner Wahrheit unbedingt zum Durchbruch zu verhelfen.

Ich kläre alles ab, was im positiven Sinn für dich infrage kommt und Meinem Anspruch voll und ganz genügt in Zeitenlosen. Das heisst du Bist und wirst es einmal schaffen, dieser Einkehr und Gewissheit in dir inne zu werden und wirst damit des Rätsels Lösung sein im unergründlichen Befragen.

Nistest du dich bei Mir ein, so kann dich nichts Ernstes mehr behelligen und du bist dir selber hieb- und stichfest, offensichtlich und plausibel geworden.

Ich finde das vertretbar, machbar und vor aller Welt erfolgreich, was durchs Band durch Mich an dir geschieht, derweil du immer williger und billiger wirst, es auch gebührend zuzulassen.

Was *Ich* auf dein Konto schreibe, macht dich immer reicher und bedeutender in Meinem Sinn und reiht dich mählich in den Sinnkreis ein, den Ich für die Tapferen und Heldenhaften eingerichtet habe. Ihnen ist es zu verdanken, dass die Welt im Ganzen sich zum Guten neigt und die Schlappen auszieht, die sie sich im Lauf der Zeiten zugezogen hat im Jammern und Zutale-Gleiten.

Nun bist du auf einmal frei und tüchtig für den Freilauf in Mein Geistesfeld geworden und erlabst dich an den Früchten, die dir unendlich schmackhaft und beglückend, relevant und nahr- und naschhaft für das Ewige geworden sind.

1.17

Ich sende Seinsbeglückung und Erhabenheit in deine delikaten Tale und lasse dich in Mir dich selbst begrüssen. Bist du der Zähler, so Bin Ich der Nenner dessen, was dich stählt und aufrecht hält in deinem steten Seinsgesunden.

Mach es gut, will Ich dir ständig ins Gewissen sagen und lass dich nicht beirren von des Lebens Kleinlichkeiten, die dir noch so gerne auf die Nerven gehn.

Nun kommt der Clou von allen Möglichkeiten, die dir täglich offenstehn, indem Ich dich als Meinen Herold und befugten Diener in die Gottesdienste nehme. Sei es wie es will, das ist das Nonplusultra, das dir je geschehen konnte, in des Daseins burschikosen und gespenstigen Affären.

In Meiner Hemisphäre wird dir alles wie ein freudevolles Singspiel und begeisterndes Prozedere erscheinen. Einmal ist es grandios, ein andermal bescheiden aufgefächert, wie es eben geht und steht, in deinem wie in Meinem fabulierenden Verlangen.

Ich stelle alles richtig dar aus Meiner Sicht und Sichtung einer Wunderwelt von so und soviel hundert Paragraphen, wie auch Paraphrasen, die Meinem Sein und Dasein die gewünschte Würze, Kürze und begründete Verlängerung gewähren.

Meine Seinsgewissheit ist schon immer auf dem Weg, sich bestens zu bewähren, vor sich hin gegangen und wird es weiterhin in Meinem wie in deinem Sinn so halten.

Meine cleveren Intentionen sind imstande, alles was veraltet ist, mit neuen und begrüssenswerten Attributen zu begaben. Das gehört seit eh und je zu Meinem Credo und herzinnigen Verhalten und bestätigt, was Ich Bin, in allen Regionen Meines Gegenwärtigseins und Wirkens, Augenöffnens und Beseligens.

Willst du es genauer wissen, so nähere dich Mir in ständigem Erwarten neuer Weisungen und wissenschaftlich angereicherten Befehlen. Das alles wird dein Weistum und dein Seinsgefühl, wie deine Unbestrittenheit vermehren und dir das Sein gefällig machen, für und für.

1.18
Am Laufband merk` Ich an und du scheinst nichts zu merken, Menschheit, von der krummen Bahn die du in Saus und Braus durchziehst..

Ich durchschaue gründlich alles mittelprächtige Gehaben und Bin bestrebt es seinsgerecht und simultan zu korrigieren.

Geh lieber keine Wette mit Mir ein, denn Ich werde sie mit Meiner Seinssubstanz auf jeden Fall gewinnen. Bist du dir selbst ein Rätsel, verwandle doch dein höchstes Gut in deinem Wandel, *Mich* in dir, zur dominierenden Figur.

Für Härtefälle Bin Ich alleweil zu haben, ohne Ansehn, sie verwandelnd auf der Freudentour.

Honiggelbe Blüten breit Ich vor dich hin, ob deren Duft du dich verzaubert fühlst in überirdischem Behagen.

Wer garantiert dir, dass du weiterkommst in deines Daseins Duktus und Bravour? Versenke dich in Meine Bilderbögen, die dir, was du Bist, gebührend und beglückend offenbaren. Paternoster kannst du nie genug durch deine Seele rieseln lassen, um ihr Wohl und ihre Wirkkraft gründlich zu vermehren.

Jede Wende, die Ich leichterdings in dir bewirke ist eine Wendung hin zu Mir in deinem Wandel zu des Seins Unendlichkeiten. Kurz gesagt; kann Ich noch jede lange Leitung kappen und in recht passable Stücke teilen, deine Wohlfahrt zu besiegeln. Möchtest du geliebt sein, lebe ganz bescheiden und verlege dich aufs Schenken dessen, was du Bist, in himmlischer Bravour. Tantum ergo sakramentum, singe du am frühen Morgen schon und pflege damit Mich zu grüssen in des reinen Lichtes Auferstehn.

Salomon der Weise glaubte sich verloren, bis er inne war, dass er mit Haut und Haar. gerettet war in Meines Seinsgewissens Wohlverstand und Garantieren.

Ich entrücke dich in Meine Sphären und lehre dich zu sein in Milde und Barmherzigkeit im Geisteswesen.

1.19

Kannst du das verstehn, wenn *Ich* dich nach dem Sein befrage? Den Alten war das noch genehm, den Jungen muss es wieder tagen im Gemüt vom grossen Ganzen, das im Überall das Sagen hat und sich in einer Sagenhaftigkeit versteht und auslebt, die männiglich begeistert und auf's Höchste imponiert.

Was immer du besitzest hat den Ursprung in der Art und Weise, wie *Ich* in der Regel operiere. Demnach könnte es in Wahrheit sein, dass im Grund genommen alles Mir gehört, was *ist*, und du nur Träger bist von Meinen unermessnen Spekulationen.

Aus der Ferne in die Näh sollst du Mich holen, damit der Friedensschluss und die Beglückung zwischen dir und Mir gelingt für Zeit und Ewigkeit im Wunderbaren.

Ich achte darauf, dass in dem, was *ist*, kein Stäubchen oder Täubchen durch die Luft flaniert in seinem kuriosen Seinsgebaren. Meine zackige Devise lautet: Alles ist für etwas da und soll nicht achtlos ausradiert oder weggestrichen werden. Was Ich in deinem Konterfei entdecke führt Mich dazu an, dich entsprechend zu behandeln und verwandeln in ein nützliches Partikularum im bezaubernden Allhier.

Hast du je bedacht, mit welcher Raffinesse Ich die Lebensdinge arrangiere, damit sie sich zu Meinen Gunsten etablieren und entfalten können. Was dir leid sein mag, ist für Mich das Mittel, um voranzukommen in des Seins Kapazität und Quirligkeit, Tradition und heiligem Begehren.

Du wirkst und werkst in vielem, doch nur eines ist von wirklichem Bedeuten, Mir und Meinem Anhang zu gehören. Ziehst du's in die Länge, achte Ich darauf, dass es auch entsprechend breit gezogen wird in seinen gottgesegneten Proportionen.

Schlussendlich geht es Mir, wie dir, an denselben Kragen, wenn etwas abverheit in der friedevollen Atmosphäre Meiner Seinsbroschur.

1.20

Kollaboration ist angesagt mit dem, was Ich Mir Bin, im geisteswirklichen Betrieb. Hast du begriffen, wie elegant sich alles anlässt, wenn die Partnerschaft gelungen ist zwischen dem, was oben sich ereignen will sowie dem Unteren in seiner Fülle und Bescherung?

Ich verwandle jedes noch so schüttere Gedänkelchen in dir zu einem Glücksgefühl am Sein und Leben von unendlicher Brisanz, Gutmütigkeit und Überlegenheit über alles Ungereifte und Chaotische im Wirkkreis Meiner Geistestaten. Das lässt helle Hoffnung keimen von Erhabenheit und Attraktivität, Geruhsamkeit und Richtung auf das Schöne, denen Ich auf jeden Fall besondere Beachtung schenke.

Die Melodie des Herzens klingt aus dem Gewirr hervor und lässt es hoch und höher schlagen im Bewusstsein seiner Flexibilität und Güte, Wirksamkeit und reiner Lust am Leben.

Ich erinnere Mich an das Erste wie das Letzte in vollkommner Klarheit und Gewissenhaftigkeit, von denen sich noch jeder ein beredtes Beispiel nehmen kann in seinem Sich-Begründen.

Was immer Ich hier leiste, ist auch dort ein Grossereignis von besondrer Qualität, Ausstrahlung, Zuverlässigkeit und Ehrenhaftigkeit in einem. Meine Triebe, wie auch deine, sind in solchen Zeiten eingebetet in ein Equilibrium von ausserordentlicher Grazie, Gutmütigkeit, Verständigkeit und Sinnkraft an des Daseins opulenter Kurzweil und Magie. Nicht ohne Grund seh Ich in diesen Fällen, wie die Welt gedeiht und sich der Unerquicklichkeit entzieht, die glaubt sich vollends etabliert und eingeschmust zu haben.

In Sachen Anstand und gebührendem Respekt Bin Ich schlichtweg elitär und kann es Mir auch spielend leisten, als gewandter Pionier und rustikaler Partner aufzutreten. Ich Bin jener, der sich auskennt und den Dingen einen Namen gibt von seinsbeglückender Regie und Attitüde, die so leicht nicht aus dem Feld zu schlagen sind und die das menschliche Gottseligsein in seiner Würde aufrecht halten, wie in seinem seinsbewussten Stil.

2

Ich behalte jedes Detail scharf im Auge

2.1

Völlig unverdrossen schichte ich die Jahre voll Geschichte eins übers andere und lasse sie wie Farbenfilme durch Mein Welterinnern laufen. Es treten Kämpfer auf von überragendem Format, die ganzen Kontinenten ihren Schliff und ihre Prägung, ihr Kriegsgewühl und ihre friedevolle Wohlfahrt zu verleihen haben. Aus Meiner Sicht gesehn folgt alles, was geworden ist, dem roten Faden Meiiner Absicht, das Weltenchaos in ein wohlgeordnetes System von Staaten zu verwandeln, die einander achten, statt bekämpfen und der Prosperität, statt der Vernichtung, Weg und Steg bereiten.

Ich unterhalte das Gewordene mit Umsicht und natürlichem Begaben und behalte jedes Detail scharf im Auge, um seinem Wachsen und Gedeihen den adäquaten Touch und die gewünsche Richtung beizubringen.

Nun liegt es aber auch an dir, dem was Ich will zum Durchbruch, wie zur Seinsbeständigkeit und Selbstbewusstheit zu verhelfen.

Was nach wie vor gefragt ist, sind die Kämpfer für den Fortschritt, wie die Hüter des balsamischen und seelischen Gedeihens am weltumspannenden Geschehn.

Alles Fahrige lass Ich bewusst von Mir und Meiner Landschaft fahren und bringe ihr das Seriöse bei im Eifer des Gerechtseins, wie der Effizienz und Weisheit aller Weltentaten. Kurzum: In Meinem Reich kann nichts Verdammenswertes und Verwerfliches geschehn, solange Meine Ruder es auf Kurs und Kühnheit, Aberwilligkeit und Polbewusstheit halten.

Dass die Universendinge *sind*, kann wirklich nur als Mein Verdienst und Meine überragende Geschicklichkeit bewertet werden. Ich zähle auf und nieder und zähle auf die Seinsgetreuen, die Mir unvermittelt und begeistert, dem Erfolg entgegen, Pate stehn.

So ändert sich und wendet sich das Blatt von Tag zu Tag, wie Ich es angeordnet und vollzogen habe. Meine Füsse laufen heiss, wie deine, im Verrichten grandioser Taten, wie im bewussten Aneinanderfügen der Errungenschaften, die männiglich beglüciken und das Auferstehn begründen ins elysische Juhee von Meiner Art und Weise des Sich-selbst-Erlebens.

2.2

Hochbetrieb herrscht, wo die recht passablen wie die miserablen Geister ein- und ausgehn an der Schwelle vom Hier zum Dort und vice versa in der weltlichen, wie himmlischen, Struktur. Ich benedeihe den bemerkenswerten Stossbetrieb von Zion aus und lasse Meine Munterkeit, wie Meinen Goodwill, mächtig in ihn fahren.

Du brauchst dich nicht zu schämen, wenn dir hin und wieder etwas nicht gelingt, denn Mir geht es genauso im Bestreben, alles bestens auszuführen wie intakt zu halten.

Meine Riesenkräfte sind zwar unbegrenzt, doch muss Ich sie, wie du begreifen wirst, im Zügel halten, damit kein Unheil oder Lapsus, Schnappschuss oder Missgeschick durch sie entsteht.

Was brilliert, muss damit rechnen, dass die Leute auf es aufmerksam und damit wohlig oder böse werden. Lass dir das gesagt sein, damit du dir nicht unverhofft die Fingerchen verbrennst an dem, was du touchiert und angegriffen hast in deinem eifrigen und farbenfrohen Künstlerleben.

Was Mir zuvörderst auf der Zunge liegt, sind Worte der Beschaulichkeit am Sein und Leben, die dir helfen sollen, locker, statt verkrampft und recht passabel, anstatt unausstehlich, da und dorthin abzuhauen. Mir geht es stets ums Ganze, derweil du dich mit mikerigen Tranchen, Häkchen, Schnitzeln und Partikelchen begnügst, die Mir nicht das geringste Wasser bieten.

Kehrst du dich um, so kehre Ich dich wieder, damit du unauhörlich vorwärts schreitest mit der Absicht, neue Seinsgebiete zu erforschen und erobern in der Mitte, wie an beiden Enden, deines lotterigen, zottigen und zimperlichen Existierens.

Wie auf Befehl sollst du dich ständig an der Strippe halten und ziehen über allem wo es nottut und wo Dinge auf den Felgen laufen, statt auf der luft-gepolsterten Karkasse.

Alles was da *ist*, ist schliesslich nur zu deinem Glück gedacht, wie zu deinem multiplexen Wohlbehagen.

2.3
Gleich Hieroglyphen sind dir viele Zeichen an den Weg gestellt, den du zu begehen hast in deines Schicksals Lauf und Attitüde. Du lernst sie zu entziffern durch Erfahrung, Meditation und Intuition im längelangen Weltbetrieb.

Wer hat sie definiert, sollst du dich füglich fragen? Ich natürlich, der Erhabene, im Sinn und Geist der

Weltkultur, die Ich mit Vehemenz, Voraussicht und Natürlichkeit betreibe.

Morgen schon wirst du die Kniffe, Pfiffe, wie das Donnerrollen haargenau verstehn, die dich zu Anstand und Verständigkeit, Beständigkeit und Sitte führen wollen. Mein Ziel ist es, die Wesenswelt zu einer selbstbestimmten Hierarchie hinan zu führen, deren Top Ich Bin und die sich selbst, wie Mir, auf's Peinlichste gehorcht in ihren wunderbar gefälligen Ambitionen.

Was dabei herausschaut, sind im Besonderen die Werte: Friedefertigkeit, Humanität und Überzeugtsein von den überweltlichen Instanzen, die gefühlvoll lenkend und bewahrend, vorwärts drängend und erfüllend hinter allem Leben stehn.

Da wirst du wohl gebührend mitziehn an den allgemeinen Stricken und Verstrickungen, statt sie dir wie anderen bedauerlicherweise um den ungeschützten Hals zu legen. Das ist dann etwas, was dich ehrt, sodass Ich dich selbander mit Mir als vernünftig, gutherzig, willig und gewieft bezeichnen kann im Register deiner Liebestaten.

Mir geht es vorderhand wie hinterrücks darum, aus dem Chaos minutiöse Ordnung sowie aus Eigennutz - Gelassenheit und Würde, Seinserkennen und Gediegenheit herauszuschälen. Was ist mit dir? Schälst du mit und gehst du mit Mir einig, dass Mein Geistes Walten immer noch das A und O ist, dem du allertiefst vertrauen kannst in seinem mustergültigen Gehalt sowie in der Tendenz, Glückseligkeit und Lebenswonne, Liebenswürdigkeit, Verbindlichkeit und allgemeinen Wohlstand universenweit und einzeln zu verbreiten.

2.4

Periodisch bringe Ich ein Thema auf den Tisch, das Mich enorm beschäftigt und Mir weder Rast noch Ruhe lässt im allgemeinen Denkbetrieb. Es ist der unablässige Versuch, den Inbegriff des Seins ins Menschenvolk zu prägen, damit es ihm die angemessene Bedeutung und Beförderung zugesteht. Willentlich und wissentlich soll es darüber meditieren, was es sei und welchem Ziele es entgegengeht in seinen vielverzweigten Unternehmungen und Kapriolen.

Was Mich wundert ist, wie wenige sich von ihrem Sein ein klares Bild gemacht und es zutiefst begriffen haben. Da liegt es eben doch an Mir, ihr Wissen diesbezüglich aufzufrischen und es auf den aktuellen Stand empor zu hieven.

Licht vom Lichte Bin Ich, Licht vom Strahlenlichte Bist auch du und kannst es kaum erfassen, dass das Göttliche in dir mit solchem Ernst vorhanden ist, wie Ich es längst vorausgesagt und allerseits vollzogen habe. Das Kerngeschäft ist es, das Ich schon äonenlang mit rasendem Erfolg betreibe, dass es Mir gelungen ist zu *sein* und von dieser Linie, Ligatur und Wirtschaft nimmer abzuweichen. Mir ist es ein Muss, dies Mustergültige zu hegen und zu pflegen, wie die Mütter ihren Kindlein alles Liebe antun in der liebevollen Tat. Was du also tun kannst ist, mit lockerem Gewissen dazustehn und zugleich fortzufahren im Erkennen deiner ungeheueren Kapazitäten, Schöpferkräfte und Ressourcen, die es dir gestatten ohne Weiteres auf den Olymp zu steigen wahren Menschen-Götterseins im Numinosen.

Kühn ist, was Ich da behaupte, kühner noch, was Ich bereits vollzogen habe in der universenweiten Diktion und Tafelrunde mit Mir selbst, wie mit dem auserlesenen Geschmack, den Ich dabei entfaltet habe.

So ist und sei es auch mit allen Bürgern, Bürgen und Bewohnern aller Welten jetzt und alle Zeit in licht- und glückerstrahlender Manier.

2.5

Moderat sein ist die Tugend der Weisen, die es weder nötig haben aufzuschneiden, noch im Trüben zu fischen, in ihrer gläsernen Seins-Philosophie. Ich pflichte ihnen bei, indem Ich Mich von jeglichem Exzess enthalte und Meine Güter auf die denkbar beste Art verwalte ohne Prachtentfaltung, Pomp und festliches Juhee.

Wie ein versiegelter Foliant lieg Ich der Wesenswelt zugrunde und lasse Mich von ihr à fur et à mesure enträtseln. Das gibt dann Meinen Treuen viel zu denken und den Unbotmässigen noch viel mehr. Diese wollen alles mit Gewalt erfahren, jene mit Besinnlichkeit auf was da *ist* im Universenreich und Reichtum Meiner Gnaden.

Was Ich lehre, ist von einem Stoff durchdrungen, der verhält und dem man es von weitem ansieht, dass er einer Wissenschaft entspringt von hoher Dichte und Gewandtheit allumfassenden und gütevollen Überlegens.

Gedankenblitze noch und noch lass Ich, gefolgt von Donnerrollen, in die Universenweiten fahren und lass es Mir nicht nehmen, jederzeit die Übersicht zu wahren und, wo Ich es für nötig finde, auch Gedankenstriche einzuführen.

Ich komme, wenn du gehst und räume auf, was du im Stich gelassen. Ich unterhalte jedes Objekt von Meiner Hand, helfe ihm zu reüssieren und den Nidel abzuschöpfen, damit er jedermann ernähre und befriede.

Gute Laune will Ich stets an die verbreiten, die von ihrer Wirkung und Wahrhaftigkeit, Ergiebigkeit und Sinnkraft was verstehn.

Ich traue Mir das Höchste zu und bring es zu den Charakteren nieder, die sich wahrhaft weiterbilden wollen in Reiselust und Wohlverstand, Geographie und flammender Geschichte.

Meine Meinung ist gemacht, dass alles, wie an einem Fädchen, an Mir hängt, doch niemand darf es Mir zerreissen, weil es alleweil von Mir gebraucht wird im Bewusstsein Meiner götterlichten Wundertaten.

2.6

Ich hab dich radikal im Griff mit deinen Possen, Posen und Versicherungen, das in Zukunft recht zu machen, was bisher verworren und verborgen war.

Bist du etwas, kann dir ohne weiteres vom Fleck geholfen werden und bist du viel, greif Ich mit doppeltem Elan in deine Speichen und bringe Schwung zu Schwung in deine götterlichten Aspirationen.

Ich bewahre, was du darstellst, in der Chronik, die Ich laufend von dir weiterführe, um des Fortschritts Willen, den Ich dir en passant abverlange.

Wenn es sein muss, kann Ich auch wie ein erlösendes Gewitter über dich und deine schrulligen Manöver fahren. Das gibt dann einen Einbruch in dein altgewohntes Tun und versetzt dich in die Lage, neues zu probieren und, wenn es sein muss, gleich die Wände hoch zu klettern, die du vor dir aufgerichtet hast in deinem faustdick aufgetragnen Wähnen.

Was deine Munterkeit betrifft, hab Ich dir schon so manches Mal ins Ohr geflüstert: *Sei* und sprich das Wort "Ich Bin" mit Nachdruck über deine Unternehmungen, damit diese bei Mir Mut und Freude fassen im unendlich weiten Geistesmeer.

Hält dich etwas fest am Kragen, kann Ich dir je nach der Lage bestens aus der Patsche helfen mit der Einsicht, dass Ich wie eh und je in dir das Zepter führe, hellhörig und auf's äusserste verschwiegen.

Mit dem Schlendrian ist es nun aus, weil deines Lebens Ernst schon mit dem ersten Schrei begonnen hat in deiner Wiege. Nur, dass du ihn aus dem Bedürfnis tatest, dich selber zu behaupten und so etwas wie der Mittelpunkt der Welt zu sein, in die du dich hineingeboren.

Nun sollst du aber Meinen finden in des Universums Aufwall Meiner genialen Kräfte, die die Güte selber sind und sich die Harmonie ins Stundenbuch geschrieben haben. In ihnen trau Ich Mir elysische Gewandtheit zu und lächle über Meine ehmals kindlichen Manieren. Ich Bin von Mir beauftragt einer Millionenschar von seligmachenden Gedanken vorzustehn und ihnen Licht und Leben, Gravität und sagenhafte Schönheit einzuhauchen.

2.7

Ich kämpfe, also Bin Ich, darfst du ruhig von dir sagen. Es geht ein Wandel durch dein Sein, wenn du nur richtig aufdrehst und dir deine Lebenstage so gestaltest, dass sie eine Freude sind vor aller Herren Länder, ganz besonders aber vor dem deinen in der seelenvollen Pracht die du darin entfaltest.

Du stimmst mit Meinem Rhythmus überein, an dem die Lebensdinge wohlgeborgen hangen und trägst das Deine dazu bei, dass sie beständig munterer, beschaulicher und wohlbedachter werden.

Ich Bin von Gott gesandt, sollst du dir zugestehn und darfst dich rühmen, eines Freundes Freund zu sein mit allen Konsequenzen, die daraus erspriessen.

Gang und gäbe ist es bei Mir, nach gottseligen Begriffen zu verfahren, die bei Mir zuoberst auf der Liste der Entschiedenheiten stehn.

Hältst du dich wie ein Bijou in der Hand, darfst du dich wahrlich vor dir selber sehen lassen als der Inbegriff von dem, was Ich Mir in Äonen ausgedacht und eingerichtet habe. Damit komme Ich zur Ansicht, dass doch alles gut und gültig, wertvoll und verbindlich ist in der Unendlichkeit der Räume, die Mir eigen.

Was Ich auf Sicht erkannt und freudvoll als dem Meinen gleich in Mein Bewusstsein eingeschrieben habe, wird recht bald einmal im Seinsnatürlichen auch dir gehören und dabei das Weltall auf das Wunderbarste zieren.

Meiner Rede Redlichkeit ist Legion und pflegt sich in die Länge wie die Breite auszudehnen und Meinen Wunsch, wie den der dich beseelt, auf's Trefflichste erfüllen.

In Sachen liebevoller Pflege Meiner Dienstbarkeiten Bin Ich ganz besonders gross. Ich lasse ihnen freien Lauf und verbürge Mich für alles, was Ich angesponnen und veredelt, liebgewonnen und verhätschelt habe. Das ist nun echt Mein Metier, wie Meine würdevolle Machtentfaltung, Mein Check Point, wie Meine Schwelle, über die zu treten Heiterkeit, Glückseligkeit und absolute Lebenswonne generiert.

2.8
Träumst du vom Sein und seinem Glanz, wie seinen Ungewittern, Bin Ich dir ganz besonders nah und trachte danach, was du Bist, behutsam und geflissentlich zu Mir empor zu führen.

Wie du wohl einsiehst ist es recht vorteilhaft, mit Mir Kontakt und Austausch, Geschwisterschaft und Sensibilität im götterlichten Dialog zu pflegen. Das reiht dich ein in die Gemeinde derer, die ihr Sein in seinem Grundgehalt verstanden haben und in voller Fahrt zum Zielpunkt allen Webens und Erlebens streben.

Du streichst Gewinne ein, die Ich dir ohne weiteres zurechtgelegt und angeboten habe und verfährst mit ihnen, wie du willst, zu deinem Vorteil, wie zum schauerlichen Schaden.

Ich kontrolliere dein Gehaben, gewähre dir jedoch die Freiheit, so zu sein, wie du's nur immer willst im Rahmen deiner schöpferischen Phantasie, wie deinem Willen, mehr zu sein als du es vordem warst. Das gestattet dir, ein Kränzlein ums geschickte Haupt zu winden, wie ein figalanter Star.

In dieser Hinsicht ist es nicht gestattet, wie ein Strolch im Schlendrian herumzustreunen. Deine Haltung muss perfekt derjenigen der Reüssierten gleichen, die von Praxis und Besonnenheit, Liebenswürdigkeit und Starkmut mehr als einen Deut verstehn.

Ich liebe deine Qualitäten dann besonders, wenn du sie in Szene setzest, wie ein vorteilhaft für dich gemischtes Kartenspiel. Das wird dann deine Herzensfreude sein, wenn du beim Zusammen-zählen obenauf schwingst, bis zum wohlverdienten Siege über deine Kontrahentenschar,
.
Hoch von Mir zu schätzen ist dein Wille, dem Unendlichen in dir endlich auf den Schlich zu kommen, um mit Freimut und Besinnlichkeit nach seinem Geigenstrich zu tanzen. Das macht dich zum Gebieter deiner selbst, obwohl du dich Mir unterwirfst im genialen Dich-für-Mich-Entscheiden und Mein-Wertsystem-profunderweise-Akzep-tieren.

2.9

Metamorphose heisst das Wort, das dich zu Meinem Geisteswohlstand, wie zu deinem Dich-in-Mir-Erleben führt. Es gilt von dem Gewohnten Abschied und Valet zu nehmen. Das Beglückende in Meinem Reiche bricht sich Bahn und bezaubert auch das Deine in dem Mass, wie du es zulässt, dass es dich bezaubre und beflügle, leichterdings und solitär.

Du magst es drehen wie du willst, alles was von Mir kommt ist real und bildet dich zu dem was immer Meine Absicht und Mein Seinsverlangen war. Nicht dich zur Ruhe legen, sondern deinem Ziel entgegen streben solltest du und das Bin Ich in Meiner ganzen Fülle, Fabelhaftigkeit und Faszination.

Du beginnst dir selber besser zu vertrauen, indem du Mir vertraust in grandiosen, wie geringen, Klimm- und Klapperzügen.

Immerzu gelüstet es dich, endlich frei zu sein von den Behinderungen die dir täglich deinen Lebensweg beschneiden und dich bockig machen wollen, wie vor Stangen, die von Lauf zu Lauf stets höher aufgelegt und ausgerufen werden.

Bist du, kann dir aller Lebenswelten Einfluss und Palaver nimmer schaden. Deine Rippen sind verstärkt und dein Gedankenfluss befindet sich in einer Höhenlage, von der hinunter sich das Bett in eine Länge zieht von fabelhafter Weitsicht und durch viele Ländereien, die dem Auge Köstliches und Kurioses, Mustergültiges, wie Makaberes, zu bieten haben.

Nichts ist so schwierig für Mich, dass es sich nicht fortentwickeln und gebührend stilisieren und von Mir veredeln liesse, das reicht dann für Gezeiten wieder, die wie Meereswogen höhwärts wallen und nach dem Zenit in Minne wieder sanft verebben und vergehn.

Ich hab es ja gesagt, dass schliesslich alles an Mir hängt und dass Meine Züge vor- und rückwärts fahren. Das bringt unerhörte Motivation ins Weltgetriebe und verbindet Gegenwärtiges mit Künftigem auf eine Art und Weise die beglückt und alles überstrahlt, was je auf Pilgerfahrt und Roulette, Reiselust und seligem Beruhn gewesen.

2.10

Freundlich will Ich dich noch heut bei Mir begrüssen, um dich davon zu überzeugen, dass du lebst, entgegen allen irdischen Prognosen. Hier scheiden sich die Geister, wo es um die Abgeschiednen geht und wo sie künftig ihren Lebensinhalt gütlich mit Mir teilen.

War Ich für sie der grosse Unbekannte, Bin Ich nun der Meister des Umhüllens und Umfangens ihres Wesens mit der Selbstverständlichkeit, die Mir und allem innewohnt, was Ich seit eh und je bewusst vertrete.

Das Leidige hast du nun hinter dir gelassen und pflegst der allgemeinen, wie der ganz besondern, Ruh in Meiner Hemisphäre der Gerechtigkeit und Weisheit, Wahrhaftigkeit und Überlegenheit am Leben. Deine Dinge sind nun wohlgeborgen und beheimatet in Meinem liebevollen Schoss und könnten niemals besser aufgehoben und behütet werden als in Ihm.

Von dannen Bin Ich nun gekommen, um dich im Hier und Jetzt sowohl zu prüfen, wie auch aufs Allerbeste zu beglaubigen in der Art und Weise, in der du dich ein Leben lang benommen, aufgeführt und im gesamten Weltsein eingebürgert hast. Nun trifft das zu, was Ich dir schon immer eingetrichtert und aufs Trefflichste erläutert habe: Dass du *Bist* und immer sein wirst im allweltlichen wie überirdischen Getriebe. Deine Wesenszüge sind nun einmal dazu angetan, nimmer zu verbleichen und ihren Dienst am Ganzen für alle Ewigkeit auf's Beste zu versehn.

Ich stütze dich dabei und nütze dir besonders viel, wenn du in Zweifel dich verstrickst, ob alles richtig ist und koscher, gängig und gerecht, was du vollbracht. Du räkelst dich im Orgueil, mindestens den selben Standard einzuhalten, den du dir gewöhnt bist, oder besser, ihn entscheidend zu vertiefen in das eherne Gesetz der göttlichen Willfährigkeit und Treue, liebevollen Hörigkeit und damit Seinsglückseligkeit und Heiterkeit in Mir.

2.11
Bist du weise, wirst du bald einmal umlagert sein von Charakteren, die ebenfalls gescheit und wissend, wendig und verständig werden wollen.

Das alles kann Ich dir, wie ihnen leichterdings besorgen, wenn ihr hellhörig, aufmerksam, erwartungsvoll und kreativ um das versammelt seid, was euer Leben ausmacht und euch formt und moduliert nach Noten.

Solcher Art und Weise aber kann in erster wie in letzter Linie und Instanz nur Ich sein, der Erhabene, in eigener Regie und eigenständigem Mich-in-der-Welt-auf-Trab-Befinden. Mein Name ist allüberall mit grandiosen Lettern auf die Wände, in die Hände, wie ins Herzblut der Verständigen geschrieben. Bände spricht er vom inständigem und lauterem Verwenden jener Kräfte, die von Mir ins unermessne Weltall strömen.

Ich hab Mir da erzieherisch und formend, wegbereitend und besitzergreifend eine Bürde, Würde und Manege aufgeladen, die von Vielfalt, Tradition und Zirkulation kaum mehr zu überbieten ist im allgemeinen Trubel um Mich her.

Ich teile Brot aus, Licht und Leben und verweile bei den so Begünstigten tagtäglich, wie in langen, bangen Nächten, die manchem braven Bürger schrecklich auf die Nerven gehn.

Du brauchst vor nichts und niemand zu kapitulieren, wenn du erfahren und begriffen hast, wie sehr Ich dich behütend und begütigend am Wickel habe. Damit erklärt sich vieles, was dir Überraschendes geschah, um dich nach dem Straucheln wieder sach- und fachgerecht ins Lot zu bringen. Du erkennst an dem, was dir geschieht, die mannigfachen Gesten, die Ich alleweil gewähre und die jedem äusserst nützlich sind inmitten seiner Drangsal, wie in seinem Sich-Bewähren.

Ich kontere, sowie du Mir entgegen kommst im Ausmass der Geschichte, in die Ich dich mit Umsicht und Gewissenhaftigkeit geführt. Das bedeutet für dich Heil und Hilfespendung im Malheur, Bekömmlichkeit und Stillung von dem, was dich stark und laut umgierte.

2.12
Wendest du dich Meiner Würde zu, Bist du erwählt und darfst dich in der Sonne Gottes wohlig wiegen.

Ich Bin deine lichte Wahrheit, tönt es von überall in das geneigte Ohr, vom Jüngling bis zum Rentner, seinsgeladen. Mein Wort ist wahr und die Wahrhaftigkeit der Tat folgt auf dem Fusse überall wo Leben sich ereignet, seinsgestärkt, feingliedrig und erhaben.

Kommst du irgendwo im All auch wirklich an, so habe Ich dich sonnenklar und liebevoll, brillant und benedeiend gerade dorthin feierlich berufen. Das schenkt tüchtig ein in allem Weltlichen und deshalb kannst auch du gewiss sein, dass du wesentlich dazu gehörst, wenn Ich Meine Herde wohl zum x-ten Male gründlich überzähle.

Wo geht es denn hin, magst du in aller Unschuld und Gewissenhaftigkeit, Seinsbewusstheit und Begierde fragen. Das kann nicht einmal Ich gebührend wissen, wie es beim Einmaleins der Fall ist, punktgenau und legendär.

Lustig, listig, lautstark und bedeutsam geht es bei Mir zu und her, sowie Ich in Gedanken nur den kleinen Finger rühre, um dem Grandiosen, das Ich Bin, das nächste Quäntchen beizufügen. Das ist der Nachweis dafür, dass es ausser Mir nichts gibt, was bedeutender und folgerichtiger, prosperierender und seinslebendiger wäre. Dauerhaft auf ewig ist, was Ich aus Gedankenkraft heraufbeschwor, vergänglich jedoch, was es wirkte, im Erblühn und herbstlichen Verdorren.

Vif und wendig wirst *du* Mich immerzu am Wirken sehn und wirst daran die grösste Freude finden. Es recken sich und strecken sich die willigen Akteure ihrer Zeit und verrichten unfehlbar und unbewusst genau das, was Ich ihnen aufgetragen habe.

Sie gehen von Mir aus und kommen wieder bei Mir an, gerade wie am Schnürchen und sollen sich bei

Mir bedanken für das Fabelhafte, das ihnen damit liebevoll geschah.

2.13

Bewegte Szenen sind bei Mir en vogue allüberall wo Menschliches besteht sowie darin auch das entsprechende Verhalten. Es braust und brodelt unterschwellig oder öffentlich in tausend Variationen und sucht sich zu erobern, zu befreunden und auf Trab zu halten unablässig, folgenschwer. Dabei Bin Ich der Punkt des Archimedes, der die Welt aus ihren Angeln heben kann und ihr auch wieder Halt gewährt in ihrem unstillbaren Seinsverlangen.

Wofür Ich Mich besonders intensiv verwende, ist die Förderung des menschlichen Bewusstseins, das dem Meinen unbedingt und unaufhörlich angeglichen werden soll in seiner Fülle und Vertrautheit mit den ewigen Belangen.

Ich lasse Meldungen und Informationen zirkulieren, die vom Zustand Meines Geistesreichs gesättigt und beseelt sind und so auch dich aufs Köstlichste erlaben sollen. Damit entsteht ein Mix aus Zuversicht und Zagen, aus Respekt und Eigenwilligkeit, wie aus dem Drang soviel wie möglich aus dem Zauberhaften und Bewegenden herauszuholen.

Mit Zins und Zinseszinsen zahl Ich dir heraus, was du an Graziösem, wie an Gaunerischem bei Mir angelegt und deponiert hast, um es bald wieder, nämlich bei dem Hinschied, bei Mir abzuholen. Das gibt dann ein Freudenfest oder ein missmutiges Gejammer, wenn alle Lebensdinge vor dir offen liegen und die Geschichte deines Wirkens in der Welt mit allen Details haargenau erzählen.

Du selber rührst an dem, was du für oder gegen dich gelegt hast, in des Lebens krassen, krausen oder wohlbekömmlichen Affären. Das erfordert dann den Ausgleich so und so bis alles sich in Minne aufgelöst, befriedet und begütet hat, einer Zukunft unbeschwerter Heiterkeit entgegen.

Das sagenhafte Ende wird ein wunderbarer Wohlstand sein, in dem Ich nach wie vor das Zepter führe und aller Wesen Hüter und Betreuer Bin vorab im Irdischen und dann in der Unendlichkeit der geisterfüllten und auf`s Innigste beseligenden Weltensphären.

2.14

Das Echte an dir habe *Ich* an deinem Hofe installiert, damit es wachse und dein Wohlsein generiere. Viele Finger hab Ich mit in deinem Spiel und lass es Mir nicht nehmen, bei Bedarf noch weitere hinzuzufügen.

Mir geht es darum Knöpfe aufzulösen und Geschwulste liebevoll zu glätten, bevor sie Unheil und Verderbnis angerichtet haben. Ich könnte dir, was gibt`s, was hat`s, diverse explizieren, an denen Ich gerührt und sie auf Anhieb wesentlich verbessert und verfeinert habe.

Dazu braucht es nicht nur unerhörtes Feingefühl, sondern eine gute Dosis an energischem und energetischem Vollbringen, das man nicht so einfach aus den Fingern saugen kann.

Auch in Meiner Hemisphäre muss es soweit kommen, dass Ich liege, aber niemals wird es dabei auch zum Unterliegen kommen in der langen Seinsgeschichte, die von Siegen nur so strotzt und von Erfolgen dort und hier.

Mir kommt es immer darauf an, den längern Hebel in der Hand zu halten, damit auch wirklich etwas Wesentliches und Erbauliches geschieht nach Meinem Leitsatz: Gott ist gross und wer an seine Stätte tritt, kann Grandioses und Beflügeltes erwarten.

Wohlan, es sprechen dir die guten Geister ins Gewissen, die schon alleweil, um Meinen Thron versammelt, das berühmte Sagen hatten. Ihnen ist auch zuzutrauen, dass sie einen Deal verneinen, der zu wenig in das Schema passt, das *Ich* für die Menschzukunft ausgedacht und angezettelt habe. Das kann zwar enorme Stauungen bewirken, ist aber, wie man sich`s ja denken kann, äusserst heilsam für den Lauf der Evolutionen.

Mir allein ist es gegeben, Zeiten, wie die Ewigkeit zu stimulieren, um ihnen den bewundernswerten Drall und Drang und Durchbruch zu verleihen, die von Meiner Seinskapazität und Virulenz, Befugnis und bemerkenswerten Reife ein beredtes Zeugnis geben.

Bin Ich gut, so solltest du noch besser werden und damit in glückseliges Gelispel und Gebet, Besingen und Beglaubigen versinken.

2.15

Ich finde Meinen Weg im Angesicht unendlich vieler drohender Gefahren und erlebe Mich im Sein in einer Wirklichkeit die zählt und die gesättigt ist mit Liebe, Himmelslicht und Frieden.

Worauf Ich baue, ist der Nimbus der Unendlichkeit, den Ich Mir zugelegt im Zeitenlosem. Meine Lebensstürme haben sich gelegt, als wären ihre Hetzereien, Ketzereien und Tumulte nie gewesen.

In der Sphäre reinen Seins empfinde Ich unantastbar sicheres und seligmachendes Gewoge reinen Wohls, in dem sich Meine Seele badet, lichtvoll, leichthin, klargesichtig und verschwiegen.

Wem Ich vertraue, ist der Sinn für eine Zukunft ohne die geringsten Sorgen, wie das penetrante Weh, die Mich vordem beständig bis aufs Blut belästigt haben. Nun Bin Ich frei für wunderbar beseligende Taten, die Mir von Mir selber zugeschrieben sind im Andersartigen.

Meine Züge sind von nun an mit denen eines Schwimmers zu vergleichen, der sich mit Elan und Sprungkraft vorwärts hechtet, ohne an das Wie zu denken. Er gewinnt, weil er nichts als das Ziel vor Augen sieht in seinem Spurt, es zu erreichen.

Hast du, wie spät es ist, gesehn? Die Klappe könnte dich erreichen, wenn du nicht zur rechten Zeit das Rechte unternimmst, um glaubwürdig und saniert, befördert und befriedet dazustehn in des Gnadenlichtes Strahlen.

Meine Dinge sind auf's Innigste verquickt mit denen, die von Geisteslicht und -kraft durchströmt sind auf dem Heilsweg, den Ich Mir zu gehn erkoren. So und somit kann Ich es Mir leisten eine Haube aufzusetzen von unendlicher Gewähr für unbehelligtes Entfalten und geschicktes Laborieren in der Geistestat.

Wie ehdem so auch jetzt bestreiche Ich die vollen Segel mit entzückender Gebärde und vertraue ihnen wie auch Mir den Wohlstand einer hochbeglückten Seele an. Das wird Meiner Wissenschaft vom Sein gerecht und nährt das Glück Elysiens, an dem Ich Mich geflissentlich erlabe.

2.16

Alles, was da *ist*, muss gegenüber Mir, dem Allumfassenden, als mickerig und mangelhaft erscheinen. Das ist, weil du beim Zählen aller Dinge innehältst, derweil Ich nicht zu zählen brauche, weil bei Mir doch alles schon zum vornherein dazugehört.

Als Ich jüngst zum Sein erwacht war, staunte Ich nicht schlecht ob der enormen Grösse, die Ich im bewussten Allerfüllen an Mir konstatierte. An Abbruch war da nicht zu denken, sondern nur ans unerforschlich weite Weitergehn bis ins absurde Nimmermehr.

Gut, dann muss auch Ich Mich halt auf das bescheiden, was Ich überschauen und prästieren kann in Meinen Algorithmen und Beschäftigungen mit dem, was gerade abläuft und als dringlich eingestuft und abgehandelt werden muss. Auch das ist schon recht viel und fordert einen Blick und Überblick von punktgenauer Schärfe, Wachsamkeit und Kontinuität.

Soll das alles auch mit dir vonstatten gehn ist hier zu eruiren? Jawohl, lass Ich Mich ganz spontan mit augenrollender Geschmeidigkeit vernehmen. Die zweiten Werke sollen besser als die ersten sein und die hast eben du mit wunderbarer Wendigkeit, Voraussicht, Klasse und natürlichem Begaben zu verrichten.

Ich stelle Mir das vor als ein selbander Wirken, du und Ich, von überragender Effizienz und malefizer Schlauheit, Willenskraft und untrüglichem Genie. Daraus ersteht dann eine Wesenswelt von recht vernünftiger Glasur, die man sich schmecken lassen kann in vollen Zügen.

Du Bist nicht hier, um auf der faulen Haut im Sonnenschein zu liegen, sondern mit dem Auftrag in der Tasche, dass du zum Aufbau neuer Seinsstrukturen dringend nötig bist mit deinen Fähigkeiten, wie mit deinem tadellosen Lebenslauf im Portemonnaie. ,

Da muss niemand rufen: Geh mir aus den Augen, sondern: Komm sogleich heran, damit ich deinen Saum berühre und von ihm profitiere, heitern Sinns und in ein Meer von Glück versunken.

3

Die Beseligung von Meiner Seite

3.1

Die Beseligung von Meiner Seite waltet emsiger denn je. Was ist nun so in dich gefahren und hat dich prall gefüllt mit Seines liebevollen Wesens Licht und Stil, von dem gesagt wird, dass es nichts Vollendeteres und Entzückenderes auf dem ganzen Erdkreis gibt und bis in aberweite Fernen. Ist dir das geläufig, kannst du allnächtig wieder mitten in der Pracht der Sterne, in deines Seinsgewissens Wärme, fromm und selig ruhn und brauchst dabei nichts anderes mehr zu bedenken.

Deine Stärke ist im selben Treff die Meine und deine ewige Jugendfrische ebenso.

.

Nun klärt sich dir der Himmel deiner Träume, wie der Erdenlandschaft, deiner Seele sich verströmend, auf - und diese lässt sich nimmermehr in ihrer sagenhaften Sicht beirren.

Komunikation mit allem, was da *ist*, ist das mit Überzeugung und mit einem Lächeln, wie mit hochgezognen Brauen, zu benennen. Was Ich hierzu noch zu sagen habe ist, dass alles Wesentliche, Wirkungsvolle, Seinsnatürliche und Relevante, das es gibt, unverwandt mit Mir verwandt ist durch des Seins Magnifikat und mustergültiges Taktierenfür .

Was stellst du dich so an? Es könnte dir auf andre Weise doch viel leichter gehn in deines Lebens Langmut und bewundernswürdigen Verfahren. Nicht gerade zwingend ist das, jedoch auf die Dauer dringend zu empfehlen, weil es der Order voll entspricht für das weitere Bestehn des Seins-Bewusstseins in den Geistessphären.

Bist du nämlich das "Ich Bin" geworden, fällt dir alles Gute und Gefällige anstandslos, wie Milch und Honig, in den offnen Schoss und beseligt dich in einem Mass, das du dir vordem niemals hättest vor die seelenvollen Augen halten können.

Was einmal wahr ist wird es immer bleiben und was du kennst wird dich als Glaubenssatz beleben von natürlichem Elan und nie verblassenden Entzücken an dir selbst sowie an Mir.

3.2

Was heisst für dich Berufung an die Stelle göttlicher Gewähr? Eine Wende ohnegleichen von des Daseins Animationen, Gladiatorenkämpfen und Verpuffungen zu den harmoniegesättigten und lichterfüllten Weiten Meiner seienden Doktrin.

In *Meinem* Weltverstehn und Treiben sind dann nur noch Wohlverstand und Herzensgüte auszumachen, die den Lebenssinn befördern und vehement zu Weisheit, Wahrheit, Edelmut und Tugendstärke strömen.

Ich schreite zuversichtlich, seinsbesonnen, permanent und rüstig in das Künftige hinein, dem Ich so vertraue wie das Kind der Mutterhand im menschlichen Gewühl.

Viel hängt an dem, was du dir von dir selber denkst, inmitten eines Weltgeschehns von soviel Wut und Hader, malefizer Unlust, Missmut und Malheur. Das ist vor allem der Gedankenlosigkeit der Massen zuzuschreiben, die sich davor scheuen, in die Geisteshöhn, statt auf der Geisterbahn zu fahren.

Mich juckt`s in allen Sensibilitäten, wenn Ich daran denke, wie selbstverständlich Ich Mich auf dem Pfad der abergründigen Gerechtigkeit und Traulichkeit bewege. Ich klammre ständig aus, was Mich umklammern möchte und stelle Mich klammheimlich Meinem himmlisch eingetünchten Ego zur Verfügung, in dem sich alles wie am Schnürchen fügt und findet, kanalisiert und bindet, ohne nach dem Wie zu fragen.

Gibt es Opposition, so weiss Ich mit urtümlichem Geschick das Zweifelhafte und Bemänglerische auszuräumen, damit die schnurgerade Linie eingehalten werden kann, nach der Ich ständig und gefühlvoll operiere. Wie Ich`s nur allzu gut empfinde, kommt es steht`s auf alle an, um das Weltenwerk zum erdgeschichtlichen Erfolg zu führen. Nimm gerade dich und wisse, wie von Mir gesucht, gebraucht und eingesetzt du bist, um das, was dir gemäss ist, mustergültig und gewissenhaft, gutmütig und bedächtig zu vollbringen.

Es liegt an dir, das, was Mir liegt, in Pacht zu nehmen und daraus ein wundervoll Beschauliches zu modulieren, das Händ und Füsse hat und sich in Heiterkeiten wiegt, die sich von anno dazumal bis in die fernste Zukunft und Gemeinschaft mit Mir transferieren.

3.3

Dominant sein heisst: Die Lage stets beherrschen und konstant am Drücker stehn. Das hat bei dir noch nicht einmal begonnen und schon glaubst du, die Weltpolitik aus dem Effeff zu begreifen und ihr deine Meinung oktroyieren zu können.

Willst du zu viel, so scheiterst du, weil dir die Mittel fehlen und Potentere und Raschere den Wasserstrahl auf ihre eignen Mühlen leiten.

Hast du dir schon bedacht, wie vorteilhaft es wäre, wenn du einen Vetter hättest, der dir zuschiesst, was du nötig hast und dich am Leben lässt, bis alle andern ausgebootet sind aus deinem schnittigen Revier.

Du begreifst, wie sich die Kräftigen verhalten werden und machst ihnen einen Vorhalt, der sie zwingt, eben dann noch still zu stehn, wenn sie loszulaufen hätten, um die Wendung willentlich herbeizuführen. Gerade das jedoch wird sich als ihr Verhängnis und als Niedergang erweisen, der sie wie hart-gesottne Eier aus der Weltgeschichte fallen lässt, in die sie sich hineingeschmuggelt haben.

Das alles kann Mir nimmer vorgehalten oder nachgerufen werden, weil Ich die Universendinge bis ins Detail im voraus berechnen und erwägen kann, worauf Ich Schlag auf Schlag von Sieg zu Sieg mit Meinem götterlichten Heer marschiere.

Schon halten sie Mich für gefallen, doch steh Ich schleunigst wieder auf, um ihnen schmetternd, zeternd, profiliert und instruiert den Marsch zu blasen. Das bringt Ordnung in die Reihen, die auf Meiner grünen, kühnen Seite stehn und verwirrt die Gegenüberliegenden mit Nebelschwaden, Pulverdampf und Schlachtlärm bis zum blamablen Gehtnichtmehr.

Ich halte Wache auf den Türmen, die Ich Zug um Zug für Mich erobert habe und schaue weder rechts noch links, weil Ich`s gewohnt bin, Meinen Scharfblick rundherum im Weltenkreis zu führen.

Aus der Ahnung wird Gewissheit, dass Ich der geborne und gewandte Führer Bin, den Erden- wie den Sternkreis zu regieren und in ihm für alle Zeit das Zepter und den Limesstab herum zu führen. Halte dir das vor und folge Mir getreu nach Strich und Faden.

3.4

Meine Handlungen sind dadurch speziell, dass sie nicht von Hand, sondern mit der Kraft des Geistes, ausgeführt und etabliert, nachgeführt und vor- getragen werden.

Das entspricht genau der Logik Meiner götterlichten Spekulationen, die Ich mit unendlicher Geduld und Raffinesse, hochpotentem Eifer, wie mit über- irdischer Ermächtigung und Spannkraft durch- zuführen pflege.

"Mein Wille geschieht", darf Ich in aller Form und Fabelhaftigkeit von Mir behaupten, um dann auf freier Wildbahn das zu tun, was Ich für richtig, wie für universenwichtig, halte. Schlag auf Pauken- schlag geh Ich voran mit Meinen wohldotierten Neuerungen, Regulationen, Mauerrissen und Enttarnungen und stelle alles in den Senkel, was im Lauf der Zeit ein wenig schief geworden war.

Zu allem, was Ich unternehme, pflichte Ich Mir selber bei und lasse Mir von niemand anderem auch nur das Geringste und Bescheidenste ab- oder aufoktruyieren.

Noch nie hab Ich so etwas wie den Meister über Mir gefunden, weil Ich ihn stets selber war und Meine Untertanen sich, wenn es denn nötig war, im Staube vor Mir wälzen mussten.

Einmal wird es soweit sein, dass alle Wesen mit Gelassenheit und Anmut, Tugendhaftigkeit und kapitaler Sitte sich auf sich selbst besinnen können, um ihrem Handeln Glanz und Glorie, Erhabenheit und Gotteswürde zu verleihen. In dieser Phase aber sehen sie sich vollends in Mich integriert in Meines Daseins Sinn und Supervision, Generalgewalt und zärtliches Verlangen. Bin Ich dies, so Bin Ich eben auch das Andere und stelle Mich in deren Mitte, der das reine Sein gehört und ihrem An-sich-selbst-Behagen-Finden.

So bringe Ich dich weiter, als schon je ein andrer sich gebracht und aufgeboten, melioriert und hergerichtet hat in seinen prächtigen Bestimmungen und Kalkulationen.

Selig wer da mitgeht und begeistert Liebeslieder intoniert im Wunderbaren.

3.5
Was wolltet ihr denn eigentlich mit eurer zwitterhaften Signatur? *Die* Felle sind euch längst davongeschwommen, die noch einigen Wert bedeutet hätten. Nun steht ihr wie mit abgesägten Hosen und Hosiannas da und könnt euch nicht dazu ermuntern, etwas für das Heil der Seele, ihr Gedeihen und Profil zu unternehmen.

Ich aber Bin ein Gott des tätigen Erbarmens und habe nicht im Sinn, den Sünder zu bestrafen, sondern will mit Herzenswärme, Liebe, Licht und Frieden seine Umkehr und sein Heil bewirken.

Viele folgen Meinen sakrosankten Spuren und entwickeln darin einen Eifer ohnegleichen, der sie zu den Höhen der Erbauung an sich führt und ihnen darlegt, wie verheissungsvoll und tugendhaft Ich Meine Werte vor das Weltsein hin drapiere. Die Gutmütigen und Weisen sperren Aug und Ohren auf, ob der Fülle Meiner Kombinationen, die zu Herzenswohlfahrt, Dankbarkeit und liebenswürdigen Gedanken führen.

Was erstaunlich an Mir ist, sind die Lebensräume, die Ich denen frei heraus eröffne von der Art der Geistesforscher, die nicht rasten und nicht Ruhe geben, bis sie Mich in sich gefunden und auf's Allerwürdigste getestet haben. Das bringt sie wie dich in die enorm gefällige Lage, als ein Ass im Menschensinne dazustehn und unter Göttern als Kumpan, Kollege und Kolloquier im besten Sinne zu agieren.

Behüte Gott, dass einer das nicht vorteilhaft und füglich findet und es mit Lob und Dank bedenkt in den allerhöchsten Tönen.

Nun denn, mach dich schleunigst auf zu solchem Sein und Sinnen in der Weltenpracht, Priorität und Panchemie, damit du einst dazu gehörst, wenn sich die Vollendeten vor Mir versammelt haben, um das Fest der Sterne und erhabenen Gebieter ihrer selbst zu feiern in der lichterfüllten Geisterschar.

Alle Wesen *sind* und können nimmer von sich lassen, weil ihr Dasein Leben, Licht, Vertrautheit mit dem Ewigen und letztlich alles das bedeutet, was

Ich Mir schon Bin in wohldotierten und ereignisvollen Meisterzügen.

3.6

Kommentarlos sollst du keine Schritte gegen irgend
etwas unternehmen. Dein Verhalten könnte
missverstanden werden und das Gegenteil von dem
bewirken, was du wolltest, ungeniert. Dazu hab Ich
dir die Sprache in den Binsenkorb gelegt, dass du
mit ihrer Hilfe Wahrheit produzierst vom simpelsten
bis zum komplexesten Gehalt, die man sich denken
kann woanders und natürlich hier.

Kannst du auf Stelzen gehn, musst du vor allem
Sorge tragen, dass du nicht hinunterfällst im
wackeren Daherstolzieren. Das gilt auch für dein
übriges Verhalten, wo beständig gut versteckte
Fallen auf dich warten, die es zu entdecken gilt in
deiner sagenhaften Ich-Kultur.

Willst du Scherze treiben, treib sie nicht zu bunt, sie
könnten dir zum Fallstrick und Verhängnis werden,
eh du`s recht bedacht in deinen Flunkereien, von
denen sich die Kenner nicht in`s Boxhorn jagen
lassen.

Vor allem pflege das, was dich mit Mir verbindet und
dir Frieden, Reichtum und Beschaulichkeit beschert
am Rande dessen, was sich wie ein Whirlpool
benimmt und stets versucht die Lebensdinge weit
hinab zu ziehn.

Du aber bist für Besseres geboren und wirst von Mir
dazu getrimmt, am Dasein wie an einem Festmahl
teilzunehmen und von ihm zu wimmen, was
erbaulich und bekömmlich ist nach dem Ritus der
Gerechtigkeit und Wohlgewogenheit im Leben.

Es könnte sein, dass du schon bald begreifst, um was sich eigentlich die lichten Tage, wie die rabenschwarzen Nächte, ständig drehn. Das ist, damit du mählich etwas weiser wirst in deinem Urteil über dies und das und dich nicht mehr so zimperlich verhältst, selbst auf der Zielgeraden.

Bekennst du dich zu Meiner Seins-Philosophie, eröffnen sich dir neue, ungeahnte Horizonte, die dir was von überragender Bedachtsamkeit und Wohlgemessenheit erzählen. Ihnen kannst du voll vertrauen und damit glückselig, heiter und auf's äusserste erfolgreich sein in Mir.

3.7
Fette Karpfen sind nicht nötig dich gebührend zu ernähren. Dann und wann eine Sardelle mag genügen, um dich seinsgerecht auf Trab zu halten durch den lieben langen Tag.

Mach die Augen auf und lass die Köstlichkeiten sich in dir verströmen, die vor allem deinem Seelensein genehm sind mit dem Geistpotenzial, das sie mitunter in sich bergen.

Betrifft dich etwas Brüderliches, lass es in dir wirken, bis du selber menschlicher und salonfähiger geworden bist in deiner schroffen Art dich aufzuführen. Deine Floskeln haben eh die Wirkung, dich zu diffamieren, anstatt dir den nötigen Respekt und die so sehr ersehnte Würde zu verschaffen.

Bindung kann auch sehr erlösend wirken, wenn sie dich von deinem Eigensinn befreit und dir dein Gegenüber zeigt, so wie es wirklich *ist* in seiner Plausibilität, Beständigkeit, Manierlichkeit und Tradition.

Kommt noch dazu, dass deine Wenigkeit sich meistens als ein viel Zuviel erachtet für die Wenigen, die ihr zu huldigen scheinen. Gelingt es dir mit deinem Geistbesitz an Meiner Schwelle vorzusprechen, öffne Ich dir gern das Tor und gewähre dir die Einsicht in Mein Reich, die du doch so nötig hast in deinem Lotterleben.

Ich Bin da anders, mit Verlaub zu sagen und statuiere ein Exempel von unübertrefflicher Geschmeidigkeit und Virtuosität, Losgelöstheit und Entschiedenheit in jedem Falle, der an Mich gerät, um eine adäquate Lösung zu ergattern.

Was bei Mir stimmt, muss auch im ganzen Weltgemenge stimmen, um es zu einem wohlerwünschten Endpunkt hinzuführen.

Was immer Ich zitiere, rezitiere und zu einem Pulk und Ratschluss von vereinten Kräften stilisiere hat den Zweck, Vermehrung und Verehrung Meiner Göttlichkeit zu schaffen um Mich her und schliesslich über's ganze Weltenmeer mit Nachdruck und unsäglichem Verlangen.

Die Zeiten wallen auf und gleiten nieder in's Vergehn, doch Meiner Seinsbeständigkeit und Liebefähigkeit kann das nicht schaden. Alles *ist* und kommt auch dir zustatten und verköstlicht und vergeistigt sich, umsichtlich, zuversichtlich und gekonnt im Unsichtbarem.

3.8
Ich lebe, Bin und strebe mit der zauberhaften Aussicht, dass Ich dich noch viele Jahre glücklich machen kann. Wie ist nun dein Befund, fällt es Mich an zu fragen. Kannst du akzeptieren und genügend

estimieren, was Ich laufend für dich unternehme? Nihilismus wäre keine gute Option für deine Möglichkeiten, dich in diese oder jene Richtung zu bewegen. Vielmehr kommt es für dich darauf an, ein Maximum an Wohlgefühl und Wohlgefallen, Klugheit und Gewandtheit zu entfalten, die von dir zu Mir und von Mir zu allen Weltenbürgern sich verstrahlen.

Du kennst die Zeichen reiner Gunst, mit denen Ich dich bestens unterhalte, die da sind: Vertiefte Schau auf was du Bist, zutiefst mit Meinem Göttersein verbunden, gottseliges Gewahren und Bewahren dessen, was Ich für dein Sein und Seligsein bedeute, ohne auf Erwiderung zu pochen.

Endlich kommt dann einmal bei dir an, was Ich schon äonenlang zu dir gesendet, dir vermacht, gestaltet und vergütet habe.

Nun kommt es für dich darauf an, in deinem Lebenskontext richtig auf die vielen wohldurch-dachten Neuerungen und Bestimmungen zu reagieren, die von Mir ausgehn und auf die Ich wieder treffen will, nachdem du sie veredelt und geschmückt, verziert und butterweich gegart mit deinem Geisteshauche.

Ich schiebe niemals etwas auf die lange Bank, das sogleich und viril erledigt werden sollte. Das erspart enorm viel Zeit, die sonst mit Suchen, Wiederholen, spärlichem Erinnern und zum Zimmern auf-gewendet und vergeudet werden muss.

Ich klemme nicht, wo noch all zu viele sich die Fingerchen sowie das Brustbein eingeklemmt und malträtiert, festgezurrt sowie dem Lächerlichen preisgegeben haben. Meine Wissenschaft und Weisheit, Unverblümtheit, Unerforschlichkeit und Forschheit scheinen dahin zu tendieren, dass, was *ist*, floriert und blanke Seelenseligkeit gebiert.

3.9

Ohne jegliches Bedenken treffe Ich dich in der Morgenfrühe dabei an, wie du ein Resümee erstellst über deines Daseins Sinn und relevanten Taten. Das mag recht und gut sein, aber deine Überlegungen müssen dabei vom Vertrauen in Mich und von Meinen wegbereitenden Allüren angereichert und befruchtet sein. Das zieht dich unentwegt hinan und lässt dich auf ein Ende hoffen von bewundernswerter Seinsstabilität im täglichen Rumoren.

Ich Bin Mir dieses Seinsbegreifens Trend von allem Anfang an bewusst und dafür aufgestellt gewesen, um damit Meine Dienste an der Universenwelt unter Dach und Fach zu bringen, partiell und allgemein im wetterwendigen Geschehn.

Mir beliebt es so zu handeln, wie Ich es für ausgezeichnet gut und glaubhaft finde, laufend um Mich her. Mein Wille sei auch dir Befehl und trage bei zur allgemeinen Wohlfahrt, Lässigkeit und Harmonie.

Wen kümmert`s, wenn die Hähne Aufbruch krähn und die Mühlen fangen an ihr monotones Lied zu singen? Mich am meisten darf Ich ungeniert behaupten, weil schlussendlich alles, was da *ist*, unweigerlich an Mir und Meinen Fersen hängt im partnerschaftlichen, globalen Reüssieren. Meine Geisteswände sind mit Zettelchen bespickt, die

Mich da und dorthin weisen, wo geschuftet werden muss nach den allerneuesten Methoden.

Was Mir beliebt, muss mit den Jahren auch dir lieb und teuer sein, damit die Einheit herrscht im menschen-göttlichen Verfahren. Meine Ehrensache wird es sein, zu unterscheiden zwischen nutzlos und gediegen, prächtig und fatal, in deinen Äusserungen und Entschiedenheiten. Möchtest du gern dies, so will Ich immer das, damit du nicht zu viel an Ramsch und Albernheit an Land ziehst und für gut hältst was dir merklich schadet.

So gescheh es nach dem Wort aus Meinem weisen Munde, wie aus dem Winkel der Bestätigungen Mir zu Ehren.

Ich liefere, was dich wie Mich erbaut und rabauze, wenn du nicht prestierst, was Ich für nötig halte, um den Umgang mit Mir selbst in dir beglückend und begeisternd zu gestalten.

Das Reizende ist immer auch ein wenig beizend, oder balzend in der Zweisamkeit des gloriosen Fürstenlebens. Die guten Leute lassen sich von der Begierde massenhaft zu mehr und mehr verführen, bis kein Stein mehr auf dem andern steht des Mäuerchens, mit dem sie sich besorgt und züchtig eingefriedet haben.

Gegrillte tragen jeglichen Respekt vor Feurigem mit sich herum und lassen sich nicht gern ein zweites Mal von ihm berühren. Damit sind sie wie geimpft vor weiteren Beschädigungen und erklären sich als sachgerecht immun gegen flammende Attacken in der nächsten Näh.

Kontinuierlich überspreche Ich Mein Weltsein mit der Herzensgüte, die *Ich* Mir auserkoren, angeboren, zurechtgelegt und zugesprochen habe.

Möchtest du den ersten Preis gewinnen, fange mit dem dritten an und steigere dich in den Disziplinen, welche dir am allermeisten liegen.

Verlieren ist nicht schwierig, aber die erlittenen Verluste auszugleichen schon. Da braucht es Stirnerunzeln und Scharwenzeln noch und noch, bis hie und da ein Sieg herausschaut aus dem naseweisen Kunstbetrieb unter deiner prächtigen Regie.

Bei Mir ist mit der Eile auch die Weile angesagt, damit die strapazierten Knochen wieder griffig, pfiffig, leistungsfähig und gewinnend werden.

Dein Vorgehn scheint Mir manchmal recht naiv zu sein, derweil du glaubst, den Vogel abgeschossen und auf's Peinlichste zerlegt zu haben. Das mag dir für einmal wohl gelingen, aber auf die Dauer braucht es andere Methoden, um zu deinem Recht zu kommen und die sind: Seinsvertrauen ohne Mass und Ziel sowie die Richtung auf Mein Denkmal, das, von weitem sichtbar und erbaulich in der Witterung der Weltenläufe steht.

Ich Bin dein, so wie du Mein Bist, in des Weltenbummels Parallelität, Verlässlichkeit und Harmonie mit allem was da *ist* und was du Bist in Mir und Meinem liebevollen Walten. Stehst du auf Mich, so reüssierst du allethalben und bringst es auf den Punkt des allumfassenden Bewusstseins in den Geistessphären.

3.10

Ich packe überall wo's nötig ist gebührend an und reinige, verdichte und belichte was das Zeug hält in überragend wackerer Manier. Das sollt dich nicht erstaunen, weil doch alle Fäden strickt und unverblümt bei Mir zusammenlaufen und damit ein Bild ergeben von geordnetem Verkehr, Verständnis und beherztem Ineinandergreifen.

Was immer Ich erwäge ist Mein Hauptgewinn und kann von keinem andern ausgehebelt oder angefochten werden.

Ich baue nicht auf Sand, wenn Ich zur Schaufel greife und vertraue auf Mein überragendes Genie von der Planung bis zur Fertigstellung aller Objekte, die in Meinem Ressort liegen.

Die Grashoppers haben immer dann gewonnen, wenn sie wie *ein* Mann gekämpft und sich den Ball blitzschnell, gezielt und zackig zugeschossen haben. So Bin auch Ich's gewohnt bei allen Aktionen, die mit Umsicht und Erfahrung, überirdischem Elan und vehementer Sportlust angegangen werden müssen.

Wo ginge das auch hin, wenn jeder sich nach eigenem Befinden, Gusto und Gewissem hin und her und auf und ab bewegen würde. Unsinn herrschte und Verlust, wo rohe, rudernde Gewalt zum Einsatz, wie zur unbesonnenen Verwendung kämen.

Für was Ich will, Bin Ich ein Transporteur an jene Stellen, wo tonnenweise Material gebraucht und eingesetzt wird für bewundernswerte Bauten im Allhier.

Mir kann es niemals an den Kragen gehn, weil Ich keinen habe und Meine Attitüde von der Welt grundlegend anders ist als deine in der Vielfalt Meiner Aspirationen.

Mir auf die Finger schauen ist für jeden, der das tut, ein seinsnatürlicher Gewinn von unschätzbarem Wert und kann nie hoch genug veranschlagt und begriffen werden. Meine Glaubenssätze sind in goldnen Lettern an die Wände Meiner Wohnstatt hingeschrieben und verkünden jedem, der sie lesen will, den Inbegriff von weisem und gewissenhaften, überragendem und wackeren Zusammenfügen.

Das ist nun einmal Meine Ansicht und Doktrin, die Mir wie dir zum Heil gereicht und zur Erhebung in gewaltige Gewässer und Gewinne, Lauterkeiten und Beglückungen unendlichen Bewusstseins und Gestaltens in den Universensphären.

3.11 d

Elstern sind schon immer scharf auf Glänzendes gewesen, von dir jedoch gewinne Ich den Eindruck, dass du Mattes, Moderiges, Morsches und Verspieltes vorziehst mit deinen eigensinnigen Gelüsten. Kommt hinzu, dass bei dir verniedlicht wird, was in Meiner Deutung und Bedeutung ohne weiteres den Namen grandios verdient, grossartig und unerhört gediegen.

Wann schwenkst du endlich ohne Vorbehalt auf Meine Linie, Limpidezza und natürliche Begabung ein, das A ins Alphabet zu ziehn, statt stets ein Weh und Ach, wie auf der Achterbahn, herumzubieten.
Ich kenne deine Gründe vorzuprellen in den Standard technischen Gehabens, den du nach

Strich und Faden innhältst in deiner so verweltlichten Struktur.

Damit ist der Punkt gesetzt, von dem aus alles anders weitergeht und blühen soll nach Meiner Absicht, wie nach Meines Seins Verlangen über dich hinweg und zugleich mittendurch nach menschlicher, wie göttlicher Broschur.

Was Ich einmal geklärt, ermittelt und für gut befunden habe, ziehe Ich durch alle Meine Welten, so als wär`s zum glühenden Kometenschweif gediehen.

Indessen ist die Achtung vor Mir selbst ins Unermessliche gewachsen, derweil die Ächtung nach und nach verblasste hinter Meiner glorios gewordnen Göttersignatur.

Ich präge mit dem Ring und Siegel *allen* Meinen Willen ein voranzukommen ohne Rast und Ruh, bis alles seine Richtigkeit und Wahrheit, Wünschbarkeit und Konsequenz gefunden hat im von Mir geleiteten virilen Götterleben.

Somit ist schon manche hochgestellte Hürde übersprungen, die zu mehr Effizienz und Fruchtbarkeit, Erbauung und Genesung führt, als es bisher schon gewesen.

Gut ist alles alleweil gediehen, was *Ich* wollte und wird es immer bleiben in der glückbegabten Seinsnatur.

3.12

Der Ich im Himmel Bin, spricht und bespricht die wundertätige Doktrin, die Ich Mir selber strengstens auferlegt und eingetrichtert habe. In ihr äussert sich der Wille expansiv und folgerichtig, traditionsgemäss und ewig neureich zu agieren, in der Mitte Meiner selbst, wie an den ausgefransten Rändern, die in unermessnen Weiten sich verlieren.

Willst du Mir folgen, folge deiner Ahnung dorthin, wo sie dich mit Vehemenz und zauberkräftiger Verwegenheit aus dem Gewöhnlichen ins Göttersein entführt von nie verebbender Beschaulichkeit, Mobilität, unerhörter Durchschlagskraft und Attraktivität.

Ich verlasse Mich wie Anton und Patrizia auf das, was Ich für Mich und Meines Reiches Gratitudine erreicht und bestens eingerichtet habe. Von ihm wird das Alltägliche weit hinter sich gelassen und erklärt sich aus sich selbst als höchster Wille, unverbrüchliche Kompaktheit sowie Seinsverliebtheit grenzenlos.

Bedingungen sind von Mir nicht gestellt, um das zu werden, was Ich Bin, derweil *Ich* Es schon immer war in der Wahrhaftigkeit und Würde, Wiegeleichtigkeit und Seriosität, mit denen Ich seit eh und je verständig und inständig operiere.

Alles was, Ich kann, vollkommen zu beherrschen ist Mir ein Begriff von unermesslichem Bedeuten, wie von einem Sinn für Wirklichkeit, der all Mein Menschensinnen übersteigt und sich in Götterphantasien auslebt und erhebt von sternbesprenkelten und genuin von Mir und Meinem Sein durchströmten Weiten.

Nichts lasse Ich auf sich beruhn, was Ich erschaffen sowie angezettelt habe. Alle Meine Komponenten, Kompositionen und Kalküle sind dem Wachstum unterworfen und verebben nie und nimmermehr.

Dir Quintessenz von Meinem Handeln und Bestehn ist, Heiterkeit, Holdseligkeit und Zärtlichkeit an sich zu schaffen, um mit ihnen up and down und immer wieder ins unendlich Köstliche zu emergieren.

3.13

Wie weisst du denn von dem, was *ist*, wenn nicht durch Intuition von Meiner Seite im allgöttlichen Revier.

Ich vertrete Ebenmass und mässiges Benehmen, wo es auch immer gilt, sich vielversprechend, elegant, bezaubernd und beglückend aufzuführen.

Ich nehme ein Wusch Erde auf und küsse sie, damit sie fruchtbar werde, so wie so in Sturm und Wassergüssen, Sonnenstrahl und Wärmeströmen. Bei Mir gilt das Gesetz: Von Frevel keine Spur, von liebevollen Seinsimpulsen jedoch mehr und immer wieder.

Was Ich gewähre und gebäre trägt das Siegel der vollendeten Genügsamkeit am Sein und Sich-Erleben. Damit habe Ich erreicht, was Ich seit Äonen sah und wollte und was Mir auch auf's Trefflichste gelang mit Hilfe Meiner alles überragenden Strukturen.

Nenne Mich, wie immer du es richtig findest und erfinde ständig für Mich neue Namen, um die alten, abgedroschnen auszumerzen, voller Ehrfurcht und beglückendem Entsagen.

Steht dir das Wasser bis zum Hals, kann Ich bewirken, dass du höher steigst, um nicht von seinem Übermass ertränkt zu werden.

Wie kann Ich meinen Umsatz steigern, ist für viele noch die einzige Doktrin, die zählt und Lebensinhalt ist von überragendem Bedeuten. Wie ist das schal und schäbig, ungerecht und planlos gegenüber dem, was Ich im Universensein inauguriert und etabliert, zur Schau gestellt sowie mit Strahlkraft ausgestattet habe.

Ich habe Mich und Meinesgleichen meisterlich geschult in der Kunst des Unterscheidens, ob etwas nützlich, nötig und vertretbar oder Mumpitz ist am grandiosen Weltgefüge. Das lässt erahnen, wieviel noch zu rangieren und changieren, aufzupäppeln und zu stutzen ist in Meiner Gärten Lebenslust, Prosperität und wohlgemessenem Zusammen-fügen.

Nicht von Pappe ist, was Ich hinzugefügt und nach Gebrauch vernichtet habe. Allem wohnt das Leben inne, das ein jeder schätzen und dem er huldigen soll in rechter Einsicht und gebührendem Bewundern.

In allem Bin Ich haargenau das, was es eben sein soll und was Munterkeit und Heiterkeit, Holdseligkeit und Tatendrang gebiert auf allen Ebenen des Seins und Werdens. So ist und sei es immerdar in Mir und Meinen Artgenossen universenweit geschehn.

Von duftenden Almen hinunter mit sprossendem Grün schick Ich dir heitere Grüsse ins kernige Tal, wo noch etliche mächtige Schatten ihr Unwesen treiben.

Hier oben herrscht Ruhe vom Feinsten mit silberner Helle bedacht und von Mir in der Schwebe gehalten. Wer kann ermessen, wie tief Mir das geht, was auf Erden geschieht und in welche Bereiche *Ich* es zu heben gedenke auf luftiger Spur.

Mit gediegenem Lichtblau gefüttert ist Meiner Himmel Gebärde, die senkt sich gemächlich und willig zu deinem hinab, um sich mit ihnen auf's Zierlichste, Zärtlichste und Beglückendste zu versöhnen.

Das will Ich meinen, dass alles, was Mir noch obliegt, in Konditionen sich verspielt, die das noch enthalten, was im Übersinnlichen liegt, wie im Wahren, von dem alle Gespinste gewoben und alle Netze zum Fang und zur Beute geworfen werden.

Ein ewiger Deal spielt sich ab zwischen dem, was Ich Bin und dem was du Bist im unmittelbaren Bezug, den wir miteinander auf's Trefflichste, Köstlichste pflegen. Grandiose Taten sind auch für dich angesagt auf Meiner glühenden Tafel und sind von Mir unterstützt und auf willigem, bulligen Trab gehalten.

Was dir schon reicht, gereicht Mir noch lang nicht zum Heil und hat erstlich begonnen, sich Mir in die Nähe zu schleichen. Ich werte es auf und du wertest es wieder als deines Erfolges Gewalt und Gemenge, im Diesseits gesehn.

Nur die völlig Naiven versuchen sich schadlos zu halten an dem, was gerade in Griffnähe liegt und wollen nicht glauben, dass Dinge unendlichen Flutens und Sputens, Tutens und prachtvollen Seins existieren. Dabei liegt es offen zutage , dass das Weltsein von innen her kribbelt und krabbelt und baumstarke Äste ins Diesseits treibt mit dem Bildnis des Ewigen am Revers.

Bist Du von Sinnen, sagt einer zu Mir und weiss nicht, dass er's selber ist mit seinem makabren Gejohle und Hunger nach Sensationen. Die will Ich ihn reichlich erleben lassen und tröstlich im andersartigen Hier.

3.14

Ich fühle dir nach, was du ergriffen und begriffen hast in deinem doch so kreativen Leben. Das gibt Mir die Möglichkeit, dir im Weiteren gehörig auf den Sprung zu helfen hin zu neuen Horizonten, Ideologien und ereignisvollen Machbarkeiten.

Da Ich bewandert Bin in allen Künsten, die da existieren, kann Ich dir mit Leichtigkeit so viele wie du willst vermitteln und für immer zur Verfügung stellen.

Ich Bin die Weisheit an sich, unter deren Einfluss du am vorteilhaftesten gedeihst und in den besten Kreisen Anerkennung findest beim Erläutern deiner Seinsideen von erheblichem Format.

Alles, was von Mir kommt, atmet freies Über-Mich-Verfügen und bezaubert männiglich mit seiner überraschenden wie überragenden Natürlichkeit. Sie verleiht auch deinem Seelensein entzückende Impulse, Motivationen und Erkenntnisse auf sagenhaften, götterlichten Spuren.

Nun gilt es, dem was du erkannt hast, dauerhafte Wirkung und Beseelung durch Mich zu verleihen. Das ist ein Job für Mich, wie dich, von allbegründenem Bedeuten und zieht sich über Generationen, Inkarnationen und Erheiterungen hin, von denen noch die meisten braven Erdenbürger keine Ahnung haben. Ich aber will sie auch in diesem Punkte Mores lehren und so lange mit Verheissungen und neuen Informationen drangsalieren, bis sie zutiefst begriffen haben, worum es eben geht und was sie *sind* und werden sollen in des Seins Apotheose und unendlicher Manufaktur.

Es glänzt so etwas wie ein Lächeln auf den Zügen Meiner Huld und Schuld am Weltgeschehn, das es in mütterlicher Sorgfalt, Herzlichkeit und Ungeduld begleitet durch sakrosankte, wissenschaftliche Äonen hin.

Gehst du mit Mir einig, kann es auch beliebig und erfolgreich weitergehn in erwartungsvollem Zielen und das Ziel erreichen, glückerfüllt, begeistert, unfehlbar, magnificent und morgenschön.

3.15

Ich warne und verwarne dich: Auf deiner Einkaufstour ist unbedingt ein praller Beutel nötig, der verkraften kann, was unter deinem raschen Zugriff in den Korb marschiert. Die fesche, freche Ware lockt und wird dem Beutel noch und noch die prächtigen Dukaten schadenfroh entlocken. Ich aber überwache ständig das System und sorge dafür, dass die Börse wieder wohlgemästet seine Pflicht erfüllt im rücksichtslosen Zahlen.

Was die schiere Gier weckt, muss von Mir mit tausend raffinierten Kniffen sachgerecht besänftigt werden, damit in der Bilanz die Balance herrscht und das Vergnügen nicht in Wehmut umschlägt über das verhängnisvolle, unbarmherzige Zuviel.

Ein unverzichtlicher Fanatiker und Regulatur Bin Ich, wenn es darum geht, vernünftig, resolut und tugendhaft zu handeln wie vor Mir selbst als weise zu bestehn.

Was nützt es dir, nur einzuheimsen und die Ressourcen anzuzapfen, ohne ihnen Zeit zum Aufbau, wie zur Wiederkehr, zu lassen, mondial, wie in den eigenen Gewässern, vor dem Klappern deiner Tür.

Der Herzensfriede kann nur Einzug halten, wenn du herrschest über dich und die an dich geleinten Preziosen, die bestrebt sind, dir die gute Laune gründlich zu verderben.

Weniger ist immer wieder mehr, wenn es zum Vergleichen kommt in deinem stadtbekannten Künstlerleben. Geschätzt wird nur, was sinngemäss floriert und das andre wird verbannt in Bausch und Bogen. Tunichtgute stellt man an den Pranger, doch sich selber lässt man laufen unter zugedrückten Augenlidern, mit dem hohlen Händchen kreuz und quer.

Was von dir bleibt, soll nimmermehr so bleiben und was betrüblich ist, wird mit der Freude tauschen, wenn du nur einsiehst, was Mein Beistand nützt, sogar durch wohlverriegelte Passagen.

Nicht umsonst soll, wenn *Ich* dich überkomme, das Wort „Der Friede sei mit dir" zur Geltung kommen und dich davon überzeugen, dass in Meinen Regionen wirklich ist, was in den Deinen noch verharzt ist und Verarztung braucht in schwergewichtigen Zügen. Meinen Konsultationen folgt der Herzensfriede auf dem Fuss nach Strich und Faden.

3.16

In Fiebern des Erwachens vertändelst du die Zeit, in der du weder vorwärts noch zurückgehn magst in deinem Dich-Erfühlen. Doch nur allzubald begreifst du dich in hundert Tätigkeiten wieder, die dich dich selbst vergessen lassen in der Lebenszeiten Lust und Zirkulation.

Was dir da geschieht, geschieht im allgemeinen Menschentum vom Keller bis zum First und lässt sich nicht vermeiden in der lieben, langen Lebensprozedur. Da gilt es denn, das, was vor dir erscheint, zu stilisieren, damit es fruchtbar wird und figalant, körnig und phänomenal unter deinen plastizierenden, markant und merkantil gewordnen Händen.

Ich spreche aus gediegener Erfahrung und verspreche dir, Mein Mass an alle Dinge anzulegen, die sich durch deine Intervention, Geschicklichkeit und Klugheit unentwegt verbreiten.

Wohin du ziehst hängt an der Aberwilligkeit der Weltens-phären, die beständig hin und wider wallen, wie von mächtiger Hand geknetet und dann glühendheiss gebacken für des Menschentums Genuss, Gezirp und Wohlbehagen. Dabei leiste Ich es Mir, der Leist zu sein über den die Felle dieser

Welt von A-Z geschlagen und in die von Mir gewünschte Form getrieben werden.

Nicht, dass Ich dir durchaus die volle Freiheit und Verfügbarkeit gewähren würde, aber Unvernünftiges und Schädliches muss sich dabei nach ehernen Gesetzen in sich selber korrigieren.

Macht das das Leben schwer, ist hier zu fragen? Schrecklich schwierig wird dir alles scheinen, solang du nicht in Meiner kapitalen Unbesorgtheit und Gewissenhaftigkeit agierst im Strahlenkranz des überird`schen Lichterscheinens. Dort Bin Ich tätig, kompetent und ungemein erfolgreich an den Myriaden Strippen, die Ich voran ins Unbekannte zieh. Nur Ich kann es in Wahrheit fertig bringen, dass sich schlussendlich alles als fertil und fabelhaft erweist, was unter Meinem Sinnspruch und Verdikt geschieht im Universentreiben. Machst du mit in Mir, geschieht dir nichts und du Bist wunderbarerweis saniert, geschniegelt und beglückt für Ewigkeiten.

4

Das Weltverständnis, das die normativen Bürger propagieren

4.1

Was du hingibst gebe *Ich* dir wieder her im Schachzug der unendlich anberaumten Wirklichneiten. Das ist das eherne Prinzip, an das Ich Mich seit eh und je gehalten habe und auf das du zählen kannst in deinem Wohlverstand und Jeminee. Ich behüte dich davor hinabzugleiten, wie so viele, in den Pfuhl des unbewussten Handelns an dir selbst, sowie an deiner Welt im offensichtlichen Versagen. Das lässt sich nicht so an, wie *Ich* es in dir will und muss von Mir in geistiger Manier glattgestrichen und beglichen werden.

In aller Güte trage Ich dir Meinen Schuldspruch liebevoll entgegen und versetze dich in einen Seelenaufruhr, der sich sogleich wieder legt, wenn du begriffen hast, mit welcher Sorgfalt und Entschiedenheit Ich dich belehre.

Ich meine nach wie vor, dass die Gerechten ihrer Tage dazu fähig sind, ihr Leben nach der Kunst und Gunst der Einheit mit Mir einzurichten und dabei zu erfahren, wie vorteilhaft, bekömmlich und manierlich dieses Vorgehn ist im Wunderbaren.

Entzweite sind in jedem Fall dazu verurteilt zweierlei Gewissen und Geständnisse mit sich herumzutragen. Das eine ist das Weltverständnis, das die normativen Bürger vehement und siegessicher propagieren, das andere die seinssubtile und zutiefst befriedende Empfindsamkeit, die gegenüber Mir zu pflegen ist im Namenlosen.

Vergleichst du, musst du bald einmal gestehn, dass das Zweite viel die besseren und lieblicheren Chancen hat zu überdauern und dem

Menschenwürdigen den Vorzug und Vollzug in Fülle zu gewähren.

Ich Bin wie immer stante pede, ungereizt und willig für den Deal zu haben, der dich an Meine Stelle setzt und Mich an deine, damit die Einheit wieder hergestellt und auch gelebt wird mit der Überzeugung, dass nur sie die Weltenharmonie erzeugt und aufrecht hält in wunderbar beseligenden Massen.

Denkst du so, wie *Ich* es jederzeit bedenke, kann dir nur das Allerbeste noch geschehn und deiner Tage Soll erfüllt sich in Glückseligkeit und überwältigendem Frieden.

4.2
Bist du bereit? Ich will dich in die Gärten und Geheimnisse Elysiens entführen, wo der volle Mond in milden Nächten geruhsam über seiner Wölkchenherde Wache hält.

Sie strahlen dir voll Sanftmut ihren Lichtgehalt und Silberglanz entgegen und erfüllen dir das Herz mit Andacht, Märchenstille und Ergebenheit in deines Schöpfers Wohl.

Wer bereitet dir ein Fest des freien Über-dich-Verfügens? Ich, in Meiner Eigenschaft als Pankreator, liebevoller Vater und Behüter dessen, was Ich in Mir auferstehen liess. Mit einem Mal verändert sich dein wohlanständiges Bewusstsein von der Welt zu einem grandiosen Schauen von dem, was du in ihr *Bist* und in ihren sinnerfüllenden Kanülen.

Das ergänzt, erweitert und erfüllt sich mehr und mehr von Mal zu Mal und wächst zu einer Grösse an von gotteswürdigem, allwie gottseligem Bedeuten. Damit ist es klar, dass du von Geisteskraft getragen und bewegt Bist wie von selber und doch, ohne jeden Abstrich, stets von Mir. Das einzusehn verleiht dir Mut und Seelenstärke, die dich dazu fähig machen, tapfer und erfolgreich, angemessen und bewusst das Leben zu bestehn.

Ich fordere dich allezeit heraus zu überragenden und zielbewussten Taten, die das Angesicht der Welt verändern und ihm einen neuen Touch von Eleganz, Entschiedenheit, von Herzenswärme und bewusstem Seinsgefühl verleihen. Dein Gewissen ist dann regelrecht in Meines integriert und überlegt und handelt alleweil in Meinem benedeiten Namen.

Vom Tunichtgut zum offensichtlichen Verkünder Meiner Wahrheit, was das heisst, will Ich dir auf den Kopf besagen: Gottgeselligkeit, Unverwundbarkeit und Weisheit höherer Ordnung, die mit Erfolgen und Bestätigungen, Plausibilitäten und Empfindungen gespickt sind von unendlichem Beraten.

Endlich ist es dann soweit, dass du dich um nichts mehr kümmern musst, weil Ich solvent um dich bekümmert Bin und dir die Lösungen von allen Seinsproblemen gütevoll und unverzüglich vor die blanken Füsse lege. Du absorbierst behänd und wohlgemut, was von Mir vorgetragen wird und darfst dich davon ungemein bereichert fühlen. Bis ins Detail rund läuft, was *Ich* generiere und zu deinem Glück gestalte bravourös im Weltenmeer.

4.3

Trophäen sammeln kannst du wohl, doch meistens nützen sie dir nichts in deinem Streben nach Vollendung, Glück und Frieden.

Alle Hände voll hast du zu tun, um dein Gemüt stabil zu halten und die Haltung aufzubessern, bis sie nicht mehr wankt ob jedem Windlein im Quartier.

Nun gilt es für dich aufzuhorchen, wenn Mein Geistruf deine Seelenlande überwallt, um dich zu höherer Bewusstheit und Gedankenklarheit anzuregen. Im Grund genommen braucht es nur ein Schrittchen für dich, um Meinem Kabinett so nah zu sein, dass du Mein Wort verstehst und deine festgezurrte Ansicht änderst, Mir entgegen.

Wie Balsam soll Mein Hochgebot in deine Seele fliessen, deinem Weltbild einen noblen Touch, den eines Grandseigneurs und Weltmanns zu verleihen. Das geschieht durch stete Schulung in den Fächern Seinsgewissen, Beweglichkeit, wie klare Diktion dir selber gegenüber, wenn du handeln sollst nach Meinem Grundsatz und Befehl.

Glaubst du Mir, so kann Ich tonnenweise Wasser auf die Schaufeln deiner Mühle sausen lassen, dass sie knarrend und servil den Dienst erfüllen, der dich weiterbringt in deinen kurligen Ambitionen.

Es dürfte dir mitnichten schaden, auf deinen Stellenwert zu achten gegenüber Mir in des Lebens Quakgesalbe, Schüttelreim und Poesie. Dabei ist zu beachten, dass Ich unsichtbar und unberührbar Bin und dennoch kannst du Meine Gegenwart in dir mit aller Deutlichkeit verspüren. Ich komme ohne dein Gewahren, doch wenn ich weggegangen Bin wirst du dir inne, was erledigt ist von deinen hängigen Problemen.

Mir machst du nichts weis, was Ich schon weiss und was Ich wissend überwinden kann in Meinen, wie in deinen Seinsverstrickungen und Modulationen.

Sinn vom Sinn Bin Ich und du Bist sinngemäss in Meinen Sinnkreis einbezogen.

Der dritte Stein ist immer schicksalsträchtiger allwie der Erste, denn mit ihm beginnt die Mauer um ein Etwas wesentlich zu wachsen, sei's des Schweigens, der Behutsamkeit oder des Entzugs der Freiheit unter tausend Nöten. Nur allzu viele pflegen Mauern zu errichten, weiss Gott für wie und was und belieben etwas zu erdichten, um ihrem Dasein Sinn und Nutzlast zu verleihen.

Ich hingegen trage alles ab im Weltsein, was den Weg versperrt und damit den Fortschritt hemmt in allen Breitengraden. Ich verbreitere, was eingeengt, behindert, unschlüssig oder bockig war. Mit keinem Deut soll Mir das Unbedeutende, Beengende und Radikale - Recht, Bedeutung und Erhabenheit gewinnen.

Ich Bin vor allen anderen befugt, was *ist,* voranzutreiben und es mit Würdigen, Beliebten und Geliebten zu umgeben, als eine Leihstatt des Behütens Meiner fabelhaften Innovationen, äonenweit gesehn.

Mir geht es darum, einen Wirkraum zu erschaffen wo das Thermometer steigt, selbst wenn die Flocken fallen und wo gemeisselt steht: Ich lebe, liebe und verzeihe Mir und allen, wo ein Unrecht oder Bitternis geschah.

Hast du schon davon geträumt, von Mir auserwählt und als Erwählter hingestellt und propagiert zu werden? Ich vollbringe das an jedem, den Ich für Grandioses fähig halte, wie dafür dem Unbekannten und Verborgnen einen Namen zuzuteilen, der es auf den Sockel hebt, wie sich's denn auch gebührt.

Schlussendlich zählt vor allem anderen, was *Ich* dazu zu sagen und zu intonieren habe. Meine Ansicht ist den Sichten von Myriaden haushoch überlegen und befähigt dich so richtig aufzutrumpfen in Bezug auf Regelmässigkeit, gerissenes Kalkül und figalantem In-die-Weiten-Streben.

Der Born der Weisheit, Seinsgerechtigkeit und Lauterkeit kann das verkünden.

Was du in eigener Regie vollbringst, kann von Mir nur bedingt als für das Ganze brauchbar und fidel taxiert und ausgerufen werden.

Prächtiges gedeiht vorab in Meiner Daseinsgrube und weist auf die enorme Geistgewissheit hin, mit der Ich unablässig operiere. Das mach Eindruck und drückt alles aus, was in Mir zur Entfaltung drängt im Wunderbarem.

Vielleicht gelingt es dir, dem, was von Mir gesetzt ist, deines aufzuoktruyieren, damit es noch vollendeter erscheint im Weltenscheinen.

Melancholie ist nirgends in Mein Logbuch ein-geschrieben, dafür aber Herzlichkeit en masse und liebenswürdiges Benehmen. Ich Bin kein Stutzer aber ein Benutzer der Wahrhaftigkeit und Konsequenz, um Mich auf eine Weise auszudrücken, die verhält und ehrbar ist hieroben.

Ich klingle nicht, bevor Ich ein Etablissement betrete, weil Mir zum vorn- wie nachhinein bewusst ist, dass Ich ohnehin willkommen bin als Entertainer und geschätzte Gallionsfigur. Ich übertreibe nicht, wenn Ich dabei betone, dass es Mir allein gegeben ist, so aufzutreten, als ob es nur Mich gäbe, wobei Ich wahre Wunder wirke im viel bewunderten Allhier.

Was geschrieben steht, kann schwerlich wieder ausgelöscht und wegbedungen werden und wenn es dazu noch von Mir ist, muss es glaubhaft und seriös, perfekt und überirdisch sein, wie für die Ewigkeit geschrieben.

Kannst du das begreifen, greifst du schon sehr weit in Meine Gründe, Hintergründe und Begründungen hinein, die alle das Bekömmliche und Wohl-gesittete, Plausible und Verehrungswürdige hervorzubringen suchen. Das schlägt dann wie der Blitz in deine Seelenlandschaft ein und erhellt, was du dir *Bist* und was daraus entspriessen soll in wunderbar beseligenden Zügen. Merke auf und sei ES in des Universums Glorie, Kapazität und Seinsgestalten.

4.4
Wer erzählt, muss auch gut zählen können, hoch hinauf bis zu den Sternen und währen's letztlich noch so viel. Du beginnst und wirst nach Meiner Deutung und Bedeutung nimmer damit enden.

Mein Forum ist das Wesen einer Weltschau von unendlicher Komplexität, Behutsamkeit und Willensstärke. In Mir vollzieht sich das, was *Ist* und was im Überborden Werte schafft von nie versiegendem Bedeuten, wie von einer Strahlkraft die besticht und aufhebt in die azurblauen Himmelsweiten.

Als pompös magst du bezeichnen, was im Allgemeinen so geschieht. Ich aber sage dir, es ist ein Nichts in Meinen Götter-Augen, -Armen und Verrichtungen am Laufband der Geschichte, wie an dem, was sich aus sich selbst ergibt im Zeitenlosem.

Ich Bin die Wirklichkeit an sich, so wie die Miniatur davon im stilgerechten Abbild Meiner Prägung und Gravur. Zusammen ist es Meine Kunst im Grossen wie im Kleinen, krisensicher und gekonnt, behutsam und berechtigt ,alles wohlgemut zu überdauern.

Ich habe Mich ins Buch der Weisheit eingetragen, eh Ich noch begann, dem Chaos Meinen Stempel aufzudrücken, um es in ein Paradies von Schönheit und Verlangen, Absicht und Ans-Ziel-Gelangen zu verwandeln. Das ist nun in Universen-Trächtigkeit und Tüchtigkeit auf's intensivste und bewunderns-werteste geschehn und leitet sich von dem ab, was Ich immer war und Bin in ungeheuer wohlbedachten Meisterzügen.

Selbstkritisch ist Mein Schaffen und Erschaffen an Mir selbst und echt von A-Z, was in Mir vorgeht, seit erklecklichem Äonen.

Meine Masse sind *das Mass* und Mein Wohl-verstand versteht sich als im Allgemeinen gültig und erhaben. Alles, was da *ist*, ist nur ein winziges Kapitel in der unendlichen Geschichte, die Ich vor Urzeiten anfing schlicht und einfach, liebevoll und zärtlich zu erzählen.

4.5

Was *Ich* einmal verbunden und verschwägert habe bleibt für Ewigkeiten so erhalten, wie es sich geziemt, in Meiner Diktion und seinsdurchwobenen Position. Dass dir das zuwider läuft scheint programmiert zu sein und gibt Mir Anlass dazu, es minutiös mit allen Details zu erklären. Du schweigst und lässt dich mählich von der Richtigkeit sowie dem Richtwert Meiner Thesen überzeugen.

Ich Bin nun einmal so, wie es viel tausend Bücher und Begriffe von Mir sagen. Meine Stimme, Stimmung und Glasur, Pünktlichkeit und idealisierende Gewalt haben bisher immer recht behalten. Sie bestimmen, was da *ist* und sein soll, ohne jemals nachzugeben.

Meine Wege sind mit Loyalität, Lichtblitzen und Beglückungen belegt, die dich sicher und gewandt in Meine Lebensgründe führen. Das will heissen, dass du bei allem, was du unternimmst, im Grunde gleichziehst mit dem, was Ich selber will und wollte, im berauschenden Allhier.

Bei Mir ist immer vorgesorgt für Frieden und Gerechtigkeit in allen menschlichen wie göttlichen Belangen. Das schafft eine Stimmung von subtiler Heiterkeit, Zufriedenheit sowie natürlichem Begaben. Ich will das so und habe es schon immer bestens für dein Sein, wie das der Welt, empfohlen. Meine Sterne sind am Himmel wie auf Erden wohlgesinnt an die verteilt, die ihren Beitrag leisten zur Vermehrung und Vertiefung allgemeinen Wohls.

4.6

Mit Meinem Ansatz für Verhältnismässiglkeit und immanentem Frieden kann Ich exzellent und stoisch über jedes Lebenshindernis gelangen. Will dir etwas lang erscheinen, komme Ich zu kurz, weil du mit deinen eigensinnigen Gedanken seitwärts driftest von der Bahn, die Mich zum Ziele hat im Aufschwung, den Ich dir ins Dasein mitgegeben.

Eben ist Mir hell bewusst geworden , wie sehr sich dein Verhalten ändern muss, damit Mein Reich zu deinem kommt und vice versa deins zu Meinem. Das ist eine ernste Sache, die niemand auf die leichte Schulter nehmen darf im andersartigen Betrieb, den Ich von Fall zu Fall inauguriere.

Mit Meinen Regeln ist es so, dass sie nur für jene gelten, die nicht dazu fähig sind, sich eigene, individuellere mit krassem Vorteil zu verpassen für ihr Weiterkommen im Allhier.

Ich schwärme für die, die dahin tendieren und sich auf der Lebensfahrt erkühnen ihr glückverbreitendes Benehmen stets an Meinem aufzufrischen.

Ist die Rede dann Mir, wird dein Herz von selber höher schlagen, Mir und Meiner Gegenwart entgegen, die sich um alles in der Welt nicht zeigt und dennoch äusserst wirksam sich verhält im allmenschlichen Beschauen und Betrieb.

Nur auf dieser Basis lässt sich`s wonnevoll, geziemend und behutsam leben, derweil Ich alle

Fäden seinsgewandt und schnurgerad durch Meine Finger gleiten lasse.

Meine Worte, Werke und Verbindungen zur Menschheit sind so süss, wenn du nur einsiehst, wie gekonnt und melodiös, kapriziös und krisensicher Ich Mich alleweil verhalte, insbesondere auch dir und deinem Anhang gegenüber.

Lass es gut sein, wenn Ich so und somit wie ein Gott mit dir verfahre und dich damit in Bereiche zieh, in denen du dich wohlfühlst, voll entfaltest und geneigt bist ewig zu verweilen.

4.7

Wer kann wissen, wie der Hase läuft, wenn nicht einmal Mir bekannt ist, was noch alles kommen mag, in den Registern, Ingredienzien und klappernden Paradoxien der heraufbeschwornen Weltenzeiten.

Ich Bin dafür, selbst wenn ganze Stände sich dagegen stemmen und es besser wissen wollen als der Herr und Vater aller Seinsbegriffe und Errungenschaften im Alhier. Du begibst dich ahnungslos auf's Glatteis, wenn du glaubst Mich korrigieren zu müssen und verunglimpfen am Laufband deiner Schicksalsschläge. Deine Rechnung geht nie auf, solang sie nicht in Meine eingefügt und von Mir genehmigt ist, minutiös, wohlwollend und über alle Zweifel hoch erhaben.

Du verläufst dich ins Gebiet der scharlatanischen Vermutungen sowie du aus dem hohlen Bauch behauptest, was du nie geprüft und seriös beurteilt hast in Kenntnis der Zusammenhänge und verblüffend aufgeworfnen Resultaten.

Nicht immer läuft die Sache glimpflich ab, mit der du dich befasst hast ohne Zögern und in aller Unschuld, wie ein Kind im selbstverlornen Spiel. Manchmal ist es dir zu gönnen, dass dir einer ganz gehörig auf den Deckel haut, um dich wachzuklopfen aus der strategischen Borniertheit, in die du dich lautstark und prahlerisch begeben.

Meinst du, wir finden uns auf deine resolute Weise, hast du dich von allem Anfang an getäuscht, weil Ich weitherum der beste Täuscher, Tauscher und Beförderer der Wahrheit Bin im Jagdrevier von Meinen silberhellen Gnaden.

Ich beziehe Mich auf alles, was Ich schon geleistet habe und frage dich: Wie geht es dir mit deinen Kulleraugen und mit eingezogenem Schweif im Angesicht der Herrlichkeiten, die Ich in Äonenzeiten schuf. Macht nichts, Ich zeige dir, wie man vernünftig urteilt und damit zu Resultaten kommt die echt zu überzeugen und begeistern vermögen.

Ich überwinde Mich, dir beizubringen, wie man ja sagt, wo Myriaden Zögerlinge nein behaupten und wie man glücklich wird in Anbetracht der Seins-Geschenke, die Ich allüberall verteile in der Menschheit hochgeworfnem Schoss.

4.8

Du wärest kaum von anderen zu unterscheiden, wenn nicht deine Worte anders wären, sinn-gemässer, glaubwürdiger und kompetenter als die der Masse des modernen Bürgertums im irdischen Gewande.

Gehst du spazieren, frage nicht beständig nach dem Weg, denn *Ich* will ihn dir weisen nach Gesetz und Ordnung, wie nach himmlischer Gewähr. Überhaupt ist vieles Meine Sache, das dir wichtig scheint, selbst zu unternehmen, wobei du dann ins Leere greifst mit deinen komischen Ideen.

Wichtig, richtig und manierlich scheinen die Devisen zu florieren, die nach Mir ausgerichtet und von Mir gesegnet sind, ein über`s andre Mal. Damit kannst du leben, trotz den Abgestorbenheiten, die dich links und rechts und obenauf umgeben.

Schürzest du die Lippen, wenn du sprichst, so kann Ich dir versichern, dass du weder von Mir angehört noch gnädiglich erhört wirst mit der Fülle deiner Forderungen und Pamphlete, Behauptungen und Niederträchtigkeiten.

Es geht dir immer an den Kragen, wenn du zu sehr auskragst über die Bestimmungen, die Ich ins Feld geführt und ausgerechnet habe. Mit Mir ist nicht zu spassen, sonst verpasse Ich dir Schicksalsschläge noch und noch in deinem Menschengarten.

Mir geht es um Manieren, die das Leben fruchtig, wuchtig zierlich und geniessbar machen, ohne wilde Tänze, Lachkaskaden und Vergrösserungen deiner Brüste, damit sie noch mehr Wohllust produzieren.

Mir kann man weder mit Geschmeidigkeit noch Wohlgemutheit kommen, wenn sie nicht vorhanden sind und die Trübsal dominiert in deinem Seinsgewissen und Brevier. Nur die Fröhlichkeit des Herzens lass Ich gelten, die basiert auf dem Vertrauen - Meinen Wendungen im Sinn von Klarheit, Zuversichtlichkeit und Synergie entgegen.

Was immer Ich empfehle ist verbunden mit der Überzeugung, dass es sich bestens anlässt in der Praxis, die dabei ersteht.

Ofenküchlein kannst du wohl verdauen, wenn sie mit genügend Creme und Zuckerguss versehen sind, um deine Lust nach Süssem völlig zu befrieden.

Bei Mir muss nur der Sauerteig gebührend garen und Besonnenheit vorhanden sein, damit Befriedigung entsteht mit Mass und Marinade, Mustergültigkeit und Stil.

4.9

Beileibe nicht zum ersten Mal seh Ich dich unschlüssig in die Zukunft schauen. Das verschafft Mir die Gelegenheit, als der Gesegnete und bestens situierte vor dich hinzutreten mit dem glasklar definierten Ausspruch: *Sei* - und stiere nicht mehr, Wahrheit suchend, vor dich hin. Deine Konstitution betreffend gilt es nur das Wort zu rezitieren, das Ich für Mich treffend finde und das heisst "Ich Bin" mit allen daraus resultierenden und götterlichten Konsequenzen.

Ich fühle Mich auf's Höchste von Mir selber wie magnetisch angezogen und erinnere Mich daran, dass es nicht immer so gewaltig war. Es begann mit Null und Nichts sich auszubreiten als Erfahrung Meiner selbst und als das Reflektieren über Meine Gegenwart an sich im Unergründlichen. Das spornte Mich zur Bildung von erhabnen Bildern an, die alle den Begriff des Wirklichen in sich trugen.

Kannst du ermessen, wie beglückt Ich war, zu wissen, dass Ich schaffend schaffen konnte, was

Ich immer wollte und was in Meinen Augen tunlich und erbaulich war. Das trug sich fort durch fabelhafte, fabulierende Äonen, die zur Erschaffung von dem allem, was da *ist*, in aller Unschuld und Bestätigung führten.

Hast du soweit begriffen, wie es zu und her ging, wirst du auch begreifen, wie es weiter gehen sollte in der Unermesslichkeit der Universen-Sphären. Alles fängt zu wissen, dass es denkt, zu denken an und erbaut sich an dem Fortschritt, den es damit zeitigt und im All inauguriert. Machbarkeit ist alles und minutiöses Planen neuer Seins-Gegebenheiten ist das Nonplusultra aller Zeiten und Gelegenheiten grandios zu werden und zu sein im geistes-wirklichen Gewoge.

Herniederstürzend ins Konkrete, stürzen sich die Geistgeborenen ins eigene Verderben und gewinnen dennoch und damit ein Mehr an szintillierender Substanz auf das sie nimmermehr verzichten mögen.

Das ist was Ich bekräftigen und betonen wollte als Mein Credo und Gewissensbeissen, Meine Scola, wie Mein Scharmützel, im au-delà, wie im la haut genüsslich vorgetragen.

4.10

Ein Brand im Aschenbecher kann die Gäste weidlich amüsieren, sofern er nicht so mächtig wird, dass die Feuerwehr bemüssigt werden muss beim Abendbrot-Verteilen. Genauso ist es mit dem Ausbruch menschlicher Emotionen. Hältst du sie im Zügel, kann dir das Flammende genehm sein, geraten sie zum Zorn, muss rasch die Feuerwehr des Herzens aufmarschieren, um besänftigend zu wirken und am Ende friedestiftend und befreiend aus der Qual.

Was du konsterniert betrachtest, ist auf dem besten Wege, in die Hosen und ins Missliche zu schiessen. Das kann dann nur von Mir noch aufgehalten werden nach dem Mass der göttlichen Vernunft und siegessicheren Allüre. Demgemäss bedarf es Meiner steten Gegenwart, um einzugreifen wo es Not tut und Gerechtigkeit zu üben in der Tat.

Mästest du dich mit gedörrten Trauben, musst du dich nicht wundern, wenn der Magen rebelliert und der Brechreiz hängt an einem dünnen Faden. Anzuraten sind gebratene Kartoffeln, Apfelsinen und Tomatensuppen, die wie Butter figalant hinunterfliessen. Kannst du ermessen, wie kulant und gütig Ich die Wesenswelt betrachte, wirst du begreifen, dass Ich sie nicht leichthin aus den Händen gleiten lasse. Sie ist Mein treuer, teurer Schatz, an dem Ich Mein Gefallen finde, offenbar.

Nun kommt der Clou von Meinem Handeln auf's Tapet, nämlich alles herzugeben, was Ich je besessen habe, um wirklich frisch und fromm und frei zu sein für neue, wohlgesittete und geniale Aktionen. So läuft das seit Äonen wie am Schnürchen und begeistert, was Ich Bin, in überirdischer Manier.

Somit gilt es auch für dich, jedwelche Trägheit, Kratzebürstigkeit und Eigensucht zu überwinden, um als gläubiger und gottgefälliger Geliebter der Allherrlichkeit und Minnesänger dazustehn. Nicht Unmut, sondern Mutiges und Kluges Vorwärts-preschen sollen Mir zu Zeugen deines Willens werden, Meinem Sinn gemäss zu wirken und in

Liebe und Gelassenheit, Wohlgewogenheit und Munterkeit dem Leben, wie der Weltengottheit gegenüber, aufzutreten.

4.11

Enthältst du dich dem Balancieren auf der Kante der veräusserlichten Werte, kann Ich dich auf's Trefflichste mit Geist von Meinem Geist begaben. Es fällt Mir auf, dass du noch gar so wenig weisst von dem, was Ich im Allgemeinen akzeptiert und in Mein Fachbuch eingeschrieben habe.

Ich geh beständig und gewissenhaft voran, derweil du, wie mit einem Klumpfuss, hintennachhinkst durch die Geisteshöhn. Das ist gar nicht ohne, weil es dir am Ende Flügelchen verleiht, mit denen du vorankommst, glorioser geht's nicht mehr.

Gang und gäbe ist es bei Mir, aufzutreten wie ein Fürst, der viele Ländereien, Labyrinthe und Proszenien um sich geschart hat, auf denen er sich als geschickter Taschenkünstler präsentiert.

Nun habe Ich noch zu vermelden, dass Mein Renommee inzwischen bis ins Unermessliche befördert worden ist von der Gilde Meiner treuen Diener im Allhier. Das mag dir zum höchst Erstrebenswertem Vorbild, Nachbild und bewundernswertem Bilderbuch gereichen, nach welchem du dein Tagewerk kreierst, professionell und inhaltsschwer.

Willst du hüten, hüte deine Zunge, dass sie nicht zum vornherein verplappert, was mitnichten noch geschah. Das wird nämlich gleich zerzaust und kritisiert, benörgelt und behindert werden von den

Neidern und Blockierern, die in allem Neuen einen Unsinn sehn.

Konstruiere nichts, was vorderhand auf schwachen Beinen steht, weil es dich enttäuschen und vor dir zusammenbrechen könnte, wie der Turm zu Babylon von anno dazumal.

Siehst du das alles ein, so öffnen sich vor dir bewundernswerte Tore, die in Meine Seins-gemächer führen. Die sind dann wahrlich prachtvoll, wohnlich und behaglich anzusehn im Outfit, das Ich ihnen zugedacht und auf's liebevollste eingerichtet habe.

4.12

Ich ermittle gegen die, die dich jemals schlecht gemacht und dir Steine in den Weg gelegt und nachgeworfen haben. Sie werden ihre Strafe in sich selber finden, indem sie blind sind gegen alles, was sich ziemt und sich damit regelrecht verrennen ohne Richtwert in den heissgelaufnen Sohlen.

Meiner Grazie dir gegenüber ist es zu verdanken, dass du bisher heil davongekommen bist und dass dir kein Zacken aus der Krone brach im feindlichen Gemenge.

Aus Meinen neunmalklugen Schriften hast du das Virtuose abgelesen. Nun wendest du es an, nach deines Willens Willen, um effizient, erfinderisch und philanthropisch vorzugehn im Zuschnitt deiner Erdentage. Bei Null und Nichts hast du begonnen und endest mit Verbindlichkeiten über ganze Kontinente hin, die sich mit Begeisterung sehen lassen können. Ungerade lässest du, wie weiland Ich, gerade sein und deine Zählung und Erzählung hört sich an, wie die erbaulichsten und seelenvollsten Märchen aus Arabien.

Deinem Wohlstand ist von Meiner Seite nichts Bedeutendes mehr anzufügen, weil Ich dir schon alles, was da relevant und rührig ist, zugedacht und überschrieben habe.

So halte Ich geradewegs vor deinem schmucken Häuschen wohlfeil, was dich ziert und was dein Wesen malerisch von Kopf bis Fuss in Farben kleidet, die dir auf's allerbeste anstehn und dir unermesslichen Erfolg bereiten.

Was dir jetzt noch fehlen könnte, ist ein Nu von einem Nu, gegenüber dem, was du an Witz und Geist, an Würde und Verträglichkeit besitzest, Mir und aller Welt zu Ehren.

Nicht von Pappe ist dein Auftritt, sei's wie in der Agora der Gelehrten in Athen, sei's in der Vollversammlung derer, die sich bis zum Staatsmann durchgeboxt und hochgeeifert haben.

Ihnen allen winde Ich ein Kränzlein für ihr Können, dir aber einen Lorbeerkranz für die Bravour, mit der du deines Lebens Sinngehalt und seelenvolles Rauschen meisterst, anstandslos.

Was könnte dich noch stärker fesseln, als was Ich dir letzthin vor die Zehenreihe hindrapierte? Meiner Himmelssterne Zahl und Zauber in der Unergründlichkeit der Sphärenharmonie.

4.13

Ich bewohne alles, was da *ist*, mit auserlesenem Geschmack sowie mit dem dazu benötigten Respekt, der schont, was da zu schonen ist und dezimiert, was wuchert, in erklecklichen Bereichen Meines Liebesgartens.

Eigentlich und ganz natürlich hätte Ich hochschiessende Ovationen mehr als verdient, doch gehn die eigensinnigen Gemüter meistens achtlos an der Pracht vorüber, die Ich allen zur Bewunderung erschuf.

Du glaubst, dir etwas vorzustellen, doch alsobald stellst du ihm nach, um es unverzüglich zu besitzen und beraubst es damit seiner Eigenheit und Würde, unverschämter geht's nicht mehr.

Ich pflege das noch zu erhalten, was du schnöd verdorren liessest. Andrerseits stehst du auf Dinge, die vor Mir ein wahrer Gräuel sind in der Borniertheit und Besessenheit, die ihnen eigen.

Ich stelle fest, dass vieles sich verzögert, was von Mir in aller Eile ausgesandt und als erledigt zu betrachten war. Das ist dann deiner Lässigkeit, wenn nicht gar Faulheit, zuzuschreiben, denen Ich mit allen Mitteln und Verlockungen, Schlichen und Scharmützeln beizukommen suche.

Bei allem, was Ich unternehme, gilt die Regel: Sogleich anzupacken ist so süss, wie Blumenduft im Garten und das Liegenlassen ist verwerflich, ungehobelt, despektierlich und fatal, wie Blasphemie vor Meinen Götteraugen.

Alles schön der Reihe nach ergibt die besten Resultate in der Suppenküche, die Ich neuerdings, wie alterding,s mit ausgezeichnetem Erfolg betreibe. Du brauchst nur einen Blick in sie zu werfen und schon bist du davon überzeugt, dass das der Hammer ist, mit dem ein jedes Werk betrieben werden soll, für Ewigkeiten.

Mir schwant Gutes, wenn Ich Meinen Blick zum Nimbus wende, den Ich Mir in generationenlanger Zeit bedächtig und gewollt, allmächtig und entschieden zugelegt und anerzogen habe. Zieh auch du und *sei* Mein glückerfüllter Seins-Gespan.

4.14

Sowie du aufgewacht bist, kann Ich dich per Herzschlag lebelang verpflichten, nur noch Meinem Seinsimpuls und Sinngedicht zu dienen. Das ist dann für dich, wie Mich, ein Fortschritt ohnegleichen, der gefeiert werden muss und hochgelobt nach Noten.

Denkst du an Frieden, kann Ich dir das Herz damit erfüllen und die Freude in ihm walten lassen, wunderbar.

Ist der Absatz bei dir hochgestiegen, solltest du aus diesem Grund noch lange nicht auf grossem Fusse leben, denn das schmälert deinen Willen gut zu sein und ehrlich mit dir selbst, wie mit den anderen, in deinem Umkreis und Gebaren.

Losgelöst von allem will Ich dich am Ende deines Lebens sehn, damit du ohne jeden Zwang in Meine Arme fallen kannst im Andersartigen. Eines Gottes Wohllaut, Seinsvibration, Getuschel und Gemunkel schwillt dir dort geflissentlich entgegen, um dich aufzuheitern, wie um dir für das den Marsch zu blasen, was du linker Hand verdorben hast in deinem rührigen Prophetentum, Wahr- und Versagen.

Was Ich immer widerhole, ist der eine Satz und Vorsatz: Liebe deine Garnitur von Freunden, wie von Feinden, bis sie sich von ihrer Oberflächlichkeit erholt und abgenabelt haben. Ihr Heil verstrahlt sich dann verräterisch aus ihren glanzbewehrten Augen, wie aus ihrer Herzen liebevollem Strahl. Unendliches ist ihnen Meinerseits geschehn und motiviert sie dazu, selber dem Unendlichen zu frönen. In echter Arbeit neigen sie dazu, ihr Image vor Mir weiter aufzubessern, bis es zur Genüge traulich und erbaulich ist vor Meinem prüfenden Betrachten.

Stehst du auf Oliven, kann Ich dir ergänzend auch was Süsses auf die Zunge legen, damit du ob dem Ausgleich nichts Frugales mehr vermissest in dem Tanz ums Leckere im Magen.

So wird dir alles, was du hast, von Mir in vollem Einklang mit der Geisterschar, die Mich umgibt, vergeben und beglückt dich immer mehr in der Gemeinschaft mit den Gutgewordnen in bewundernswürdiger Manier.

4.15
Treuherzig kannst auch du aus deinen kugelrunden Augen in die Seinswelt blicken, ohne dich dabei vollends an sie und ihren Inhalt zu verlieren. In Sachen Absolutheit und endgültiger Struktur Bin Ich so dominant, dass Mir keiner auch nur im Geringsten Meinen Einsatz strittig machen kann im Aufwall Meiner prächtigen Ambitionen.

Mir ist es leid, beständig darauf hinzuweisen, dass Ich sage und schreibe der Einzige Bin, der wahrhaft *Ist*, in seinem allumfassenden Gehabe, Gestus und Vermögen. Das macht Mich einzigartig, stets liquid und alles überragend im profanem wie im geistgesättigten Erleben. Du aber amtest mittendrin, von Mir gesättigt und gestylt, konkretisiert und impulsiert in einer Weise, die bestechend ist im allgemeinen Sich-Verfluten.

Was in dir hallt ist alleweil der Nachhall Meiner gloriosen Geistestaten, die sich im Weltenall als ausserordentlich robust und gängig, vielversprechend und konkret erwiesen haben. Nur auf diese Weise kann und könnte ihr äonenlanges Fortbestehn und Sich-Erneuern plausibel, glaubhaft und bewundernswert erklärt erscheinen.

Unter diesem Titel ist es nun an dir, dein Wesen, Wirken, Vagabundieren und Prästieren immer besser - als das Meine zu begreifen und in ihm dein Heil und deine Rettung auszumachen.

Klein aber fein kannst du dich nennen, ohne Mich dabei ins Feld geführt zu haben, grandios hingegen, wenn dein Duktus mit dem Meinen vollends und gewissenhaft liiert und gleichgezogen wird in deinem bodenständigen Philosophieren.

Bist du auch noch so rüstig, pfaulich, männlich oder fraulich angezogen, immer ist dein geistig Wesen das, was wirklich zählt und deinem Selbstbehaupten doktrinären Vorschub leistet.

Willst du singen, singe doch den Minnesang an Meinem Seinsgestade und sei, was du Bist, im unermesslichen Beraumen.

5

Mein Urteil hängt an einem Faden über dir

5.1

Mein Urteil hängt an einem Faden über dir und soll von niemand auch nur im Geringsten angetastet werden. Mit Meiner Hilfe ist es Mir ein Leichtes, dir aus dem Schlammassel liebevoll herauszuhelfen, das dir beinah Kopf und Kragen kostete in deiner ungeschickten Euphorie.

Ich seh die Stunde nicht mehr fern, wo du der Einsicht huldigst, dass es besser ist auf Mich zu hören, statt auf den allgemeinen Mischmasch, der im gemeinen Volke zirkuliert. Was dich führt, muss eine noble Note haben, die bewirkt, dass du dich in dezenten Kreisen, Kräuselungen und Verbindungen bewegst, die koscher sind und wohlbekömmlich für dein Leben.

Ich halte es mit denen, die begriffen haben, dass es immer um das Ganze geht, wenn auch im Allgemeinen nur ein Bruchteil davon zur Debatte steht. Das Ganze aber heisst für Mich: Unendlich langes Geistesleben in noch und noch so vielen Inkarnationen, die deinem Dasein Wendigkeit, Erhabenheit und innige Gemeinschaft mit dem, was *Ich* im Weltall Bin, verleihen.

Da ist noch manche fehlgelaufne Meinung gründlich auszumisten, die sich in deinem lockeren Gemüte angesiedelt hat in langer Wirkung und Broschur. In Meinem Hause müssen Sauberkeit und Sitte dominieren, damit du selber, wie Besucher, sich gefällig und geborgen fühlen, ohne ständig nach der Uhr zu schauen.

Es ist ein Aufbau ohnegleichen, der zu seelenvollem Wohlstand, wie zu menschenfreundlichen Allüren führt. So soll es immer weiter gehn, kannst du dann mit Fug und Recht von dir behaupten und dasselbe gilt dann auch für alle, die da *sind*, in ihrem singulären Sein und Wesen.

Was allgemeine Geltung hat, gilt für irdische wie himmlische Belange und entlädt sich zu bewundernswerten Taten in dem Füreinander, das sich allgemach im Menschenvolke etabliert hat.

Singulär ist, was da abläuft, in und unter Meines Seins Ägide und Befehl und was das Herz beglückt und sicher schlagen lässt von Tag zu Tag, von Lebenszeit zu Lebenszeit in göttlichem, sowie vom Gottesgeist gesättigten Erfahren.

5.2

Du übersteigst dich selber, „superare" nennt man`s, in der Beglaubigung und Bittschrift deines Lebendigseins vor Mir. Dieser Vorgang setzt jeweilen eine Zacken ein in deine Fürstenkrone und steigert damit ihren Glanz und ihr unfassliches, geheimnisvolles Strahlen.

Bist du clever, legst du dir ein Stichwort zu, mit dessen Hilfe du dich jederzeit und ungeniert bei Mir Gehör verschaffen kannst in Meinem Zaubergarten. Das heisst dann, ein Gespräch auf Augenhöhe zu prästieren, dem nichts abgeht an Verständigkeit, Behändigkeit sowie gottseligem Gestalten.

Willst du das? Es liegt an deinem, wie an Meinem, mustergültigen Ermessen, ob der Dialog zustande kommt in auserlesnen Geistesräumen, nicht von hier. Mit der Trillerpfeife lässt sich das nicht arrangieren; das geschieht im warmgefühlten Flüsterton und zeitigt Seins-Bewusstheit, Harmonie und Herzensfrieden.

Krethi und Plethi kannst du dabei nicht auf die Traktandenliste setzen, alles muss von hohem Wert, Gedankendichte und gottseliger Manierlichkeit getragen sein im Numinosem, das Ich unerbittlich meine.

Glätte du die Stirn, bevor du vor Mich hintrittst, um Geheimnisse zu wälzen, die dem normativen Bürger fremd sind, wie der Katze ein Stück Tofu aus dem Vegetarier-Brevier.

Womit du immer dich beschäftigst und dich arrangierst, soll den Stempel der bedeutungsvollen Seinsgewissheit an sich tragen und damit einen Beitrag leisten zum Verständnis dessen, was Ich auf's Tapet, wie auf den Teller, so und so drapierte. Mit viel Geschick und gutem Willen wird dir das genau so gut gelingen, wie es Mir gelang, seit aller Zeit im Zirkus der bestechenden Partizipationen.

Ich Bin es Mir gewohnt, partout im ersten Rang und Resümee zu sitzen und Mich in der Rolle des erhabnen Weltenführers wohlzufühlen.

5.3
Obwohl Ich oben sitze, fällt es Mir nicht ein, dich abfällig oder nörgelnd zu begrüssen. Ich kenne deine Ich-Natur und kann sie demnach auch gebührend schätzen und als das behandeln, was sie *ist*, in deinem siegessicheren Gehaben.

"Bist du nicht willig, brauch Ich Gewalt", ist bei Mir keine Option, um dich gefügig und gelehrig, interessiert und mitteilsam zu machen. Meine Taktik ist zum vornherein die liebevolle Anteilnahme am Geschick der Lieben, die Mir anvertraut sind auf Gedeihen und Verderben. Ich raschle mit der Tüte, die Ich ihnen bringe, um sie nicht zu schrecken, oder gar ins Boxhorn zu jagen, just in dem Moment, wo sie Vertrauen fassen sollten in Mein vielversprechendes Gelispel vor Mir her. Das alles kommt dir jederzeit zu Gute, weil Ich ein Gott der Zuversicht und Lauterkeit, des Mitgefühls, der Friedefertigkeit und Hoffnung Bin, auf wonnevolle Zeiten. Aus dieser Attitüde geht hervor, dass Ich noch jeden akzeptiere, der sich aktiv und gewissenhaft verhält in seinen Aktionen, wie im Ruhn von den alltäglichen Strapazen.

Ich vermittle Schönheit, Fabelhaftigkeit und Generosität von Meines Liebeshimmels Gnaden, die jedermann beständig zur Verfügung stehn. So wird nichts bleiben, wie es ist, sondern Schritt um Schritt in eine Zukunft schreiten, die verhält und dazu angetan ist, Licht und Wohlgemutheit zu verbreiten.

Meine Dienste an den Meinen sind zugleich Mein allerschütterndes Idol der Lebenstüchtigkeit und Sinnkraft, Solidarität und Minne für die Meinen. Ich wecke auf, was eben noch verschlafen war und erwecke dich zu dem, was Ich Mir Bin in der Geborgenheit, Windstille und beglückenden Gelassenheit von Meinen allnatürlich aufgemachten Spuren.

5.4
Behutsam komme Ich dir jederzeit entgegen,um dein geltungssüchtiges Gemüt zu schonen und ihm Anstand, Vorsicht und Vertrauen in Mich beizubringen. Alles Weitere ergibt sich dann von selbst, indem du ruderst, derweil Ich das Steuer fest in beiden Händen halte. Will Mir das zu Zeiten nicht

perfekt gelingen, ersetze Ich Plan A durch B und fahre fort, als wäre weiter nichts geschehn.

Schliesslich kann Ich tun und lassen, was Ich immer will in Meinen komfortablen Seinsverhältnissen, die es Mir gestatten nach Belieben so und anders vorzugehn.

Was bei Mir aufs trefflichste gelungen ist wird auch dir gelingen, wenn du nur gehörig bei der Sache bleibst und nicht aufgibst, wo andere die Flinte längst ins Korn geworfen haben.

Meine Losung lautet: Etwas anzuzetteln ist nicht schwer, aber das Begonnene gehörig zu vollenden fordert Mut, Beständigkeit sowie persönliche Partizipation an den wesentlichsten Aktionen. Ich habe Mich auf mehr besonnen, als auf was sich jemals einer zu besinnen traute und Bin bei Meinem Sachverhalt geblieben, selbst als es schwierig wurde und schlussends bis ins Unendliche ging. Was wollte Ich auch abziehn, wo Ich doch niemals vor Mir selbst verschwinden kann vor dem Allgegenwärtigsein in allen Richtungen und Regionen. Das hat den Zweck, die Weltendinge stets gedanklich und bewusst in gutem Zustand und bei bester Laune zu erhalten, damit sie flott florieren und agil sind auf und ab und her und hin.

Triffst du mit Mir zusammen, gibt es immer etwas Wichtiges und Unumgängliches für dich in deinem Machtbereich zu tun. Daran sollst du ganz besonders deine helle Freude haben, wenn das Werk gelang und dir Gewinne einträgt nebenher.

Muss Ich einmal kriechen, tue Ich es für dieselbe Sache nimmermehr. Das soll ein Vorbild für dich sein, es genauso gut zu halten, um geradewegs zum Ziel und Zaster zu gelangen, die du so ersehntest.

Niemals werde Ich genug bekommen von dem schaffenden Elan, der Mich seit eh und je beseelt und Mich mit Glücksgefühlen übersät in wunderbar beseligenden Massen. Bald wird das alles auch mit dir und deiner Göttlichkeit geschehn.

5.5

Mit wem willst du es halten, wenn du dich nicht mehr an die Dinge klammern kannst, die dir die Welt mit ihrem Tand und Trotz, trotzdem und so lala bedeuten? Ich halte dafür, dass du dich dann voll Eifer, Andacht und Verlangen zu Mir wendest, um damit den absoluten Halt in Mir zu finden.

Das geht dann so, dass du dem bisher waltenden so etwas wie den Fehdehandschuh hinwirfst, um dich von ihm vollends zu befreien von der Last des mängelträchtigen Gewühls.

Stabilität ist dort am Platz, wo noch massenweis Unsicherheiten und Gefährdungen, Minderungen und Verluste sich verkreisen. Die kommen Mir gerade recht, um mit dem Griff des Gottes wie dem Inbegriff des Guten einzuschreiten, um die Ordnung und die Frohmut wieder herzustellen in dem verweltlichten Gefüge.

Null Koma plötzlich kann sich dann die allgemeine Lage radikal verändern und dich vor Probleme stellen, die du vordem niemals auszubaden hattest. Mit Meinem Ansatz und Begriff gelingt dir das im Nu und du legst noch neu erfundene Akzente massenweis hinzu.

Wie oft schon konnte Ich dich jammern hören, so kann das nicht weitergehn. Und dennoch folgten sich die Weltverhältnisse von Tag zu Tag im selben Stil und mit derselben Ungeniertheit sozusagen. Kaum bemerkt und ungesehn jedoch veränderte sich vieles akkurat nach Meinem, wie nach deinem, Seins-Empfinden, Goût und Geisteswirklichen. Geringes wurde grandios, manche Seele fühlte sich wie in den Himmel hochgehoben, derweil andere sich als ausgestossen unnütz und zerstört betrachteten.

Kannst du das gehörig nachvollziehn, so musst du auch gestehn, dass hinter diesen allverändernden Ereignissen ein unsichtbares Kräftewesen walten muss von unerhörtem Sinn- und Seinbegaben.

Der Schritt zu Mir ist somit aufgezeigt und programmiert und kann niemals in die Irre führen, sondern nur zu Heil, zur Hochfahrt, wie zur seligen Entschiedenheit in Mir.

5.6
Ich verschaffe dir manch treffliche Idee, derweil du schweigend den Impuls erwartest, den Ich deinem Dasein gütig zuzuhalten pflege. Es sind Gedanken eines Gottes, die dich rüstig und beständig machen sollen für den Tag.

Derweil du noch verschlafen, aber eben wach geworden, daliegst, kann Ich dir erfolgreich und gekonnt vermitteln, was dir Not tut für dein Lebens Attitüde und Gewissenhaftigkeit, Durchsicht und Verlangen.

Mal so, mal so, doch immer weise strömen die Belehrungen von Meiner götterlichten Seite in dich ein, um dich neu und tüchtig zu formieren für den Ein- und Ausgang deiner fulminanten Taten.

Ich löse deiner Stricke Los, mit denen du dich völlig unnütz willentlich und frevlerisch, unbedacht und tückisch festgebunden. Das sind die vielen happigen Bedenken, die dir ständig und verbissen im Gemüte liegen, um dich geringer und verstiegener zu machen, als du bist und dich zum Undank noch belächeln und beschuldigen dafür.

Momentan ist bei Mir alles auf Erfolg und fabelhaftes Reüssieren programmiert, das Ich wohl brauchen kann, um meinem Leben noch mehr Schwung und Schwellung zu verleihen in der aufgeworfnen Tat.

Meine Macht ist gross und effizient genug, wenn Ich dahinter geh, von vorne zu beginnen, wo deine Dinge und Bedingungen aus dem Rüderchen gelaufen sind, derweil du deine firme Zeit verdöstest, vom Morgen bis zur Abendruh.

Ist es dir gelungen, deinen Krämerladen für ein Augenblickchen ausser Ach und Krach zu lassen, trifft die gute Botschaft von Mir ein, dass du *Bist* und dass dein Schicksal sich nach dem bestimmt, was Ich für dich ersonnen und in Gang gesetzt, gefiltert, glattgestrichen und veräussert habe. Dein Beitrag hierzu wiegt nicht eben schwer und doch ist er auf's innigste und zierlichste zu schätzen im Kontext mit dem, was Ich in Meiner Universenwelt zu richten und in ständiger Bewegung und Berichtigung zu halten habe.

Das ist viel und immer noch zu wenig für den Allruf und -Behuf in Meinen Universenweiten Breitengraden.

5.7

Jedermann versucht es halt auf seine Weise, an den Inbegriff und Kratzer seiner kleinen Welt zu kommen, um sich darin zu sonnen, reichlich pubertär. Das ist nicht Meine Masche, denn es geht im Menschengrunde darum, einem höheren Bewusstsein zuzustreben, das ihm seine Götterherrlichkeit und geistesweltliche Gewandtheit offenbart.

Da ist noch Gewaltiges im Übersinnlichen zu leisten von dem Einzelnen, wie von der Menge, denen kaum bewusst ist, was sie *sind* und welchem delikaten Ziel sie zuzustreben haben.

Der Leitsatz: „Mit Überwältigendem fängst du an, mit Kleinlichkeiten hörst du auf", soll wieder umgekehrte Geltung und Gewissheit haben in dem Lebensspiel, das du mit Ach und Krach betreibst in deines Daseins perforierter und mit Unmut dekorierter Staffelage.

Ich mache Mir kein Hehl daraus, dass nun der Zeitpunkt da ist einzugreifen und mit ausserordentlich geschickten Wendungen und Applikationen - Verbesserung zu generieren, die verhält und einer Menschlichkeit die Wege öffnet, welcher nichts mehr Ernstliches entgegensteht für wohlgefällige Äonen.

Ich habe Mich mit dem Gedanken und Gefühl verschworen, dass es endlich und unendlich aufwärts gehen muss mit dem, was du im

Allgemeinen tust und im Besonderen noch nicht geleistet hast im Geleitzug deiner schwächelnden Ambitionen. Da gibt es nur "Ich will und kann" für dich zu sagen und dann nichts wie los dort zuzugreifen, wo es am meisten Not tut in des Lebens mustergültig von Mir vorbereiteter Choreographie.

Das lässt sich leichthin und salopp besagen, ist aber ein gar schwergewichtiges und ernstes Unterfangen, für das noch immer ungezählte Generationen nötig sind, es sachgerecht und wohlgelungen auszuführen.

Auf dir liegt eine grosse Last, doch will Ich sie dir tragen helfen bis zum vielbejubelten Finale, wo Glück und Friede, Zuversicht und Wohlgesinntheit etabliert sind. Stell dir das so vor und herrsche über alles, besonders aber über dich im Grandiosen.

5.8

Willst du sich testen lassen, wie erreiche Ich dich wieder, wenn du ausgeflippt bist aus der Landschaft Meiner Seins-Philosophie? Durch den sehnsuchtsvollen Lockruf Meines Seinsgewissens über Universenweiten hin. Leihst du dein Gehör dem Willen, etwas Übersinnliches, Frappierendes und Feingefasstes zu vernehmen, komme Ich auf das zu sprechen, was dir am meisten Not tut in der Hierarchie der chromatischen wie diatonisch eingefärbten Informationen. Diese reichen von bedauerlicher, übelriechender Geschwätzigkeit bis zu den liebeduftenden Juwelen, die geradewegs von himmlischen Gefilden zu den deinen, erdgebundnen, strömen. Darinnen ist all das enthalten, was relevant für deinen Fortschritt ist und was dein Bewusstsein in die Sternenräume führt, die Ich mit Meinem Sein verwalte und immerzu im Zustand der Gottseligkeit erhalte.

In der Regel pflege Ich auf eine Weise zu verfahren, die nur für Kenner angemessen und verfügbar ist und obsolet für die Banausen. Für dich jedoch, der sich im Zwischenreich bewegt, ist eine Adaptation gar wohl am Platze, die es dir ermöglicht ordentlich und respektabel aufzusteigen in die Höhen Meiner Virtuosität in Sachen Seins-Verständigkeit und Himmelsharmonie.

Was Ich besonders pflege, ist der Austausch weiterführender Ideen und Gedanken, die zu einem Weltbild von Erhabenheit und Impulsivität, Lauterkeit und Lichterfülltheit führen. In ihm sich aufzuhalten und erhalten ist ein wahrer Seinsgenuss, -Gewinn und makelloser Anreiz zu noch viel viel mehr. Gerade das war ja schon immer Mein genüssliches Bestreben, Mehrung zu bewirken und im Mehr das Einssein mit Mir selber wieder zu entdecken und unter Lobgesängen frei heraus auf's Neue zu erleben.

Kontinuität ist an der Basis Meiner selbst die unverwüstliche Devise. Flexibilität und Phantasie jedoch sind ausserordentlich gefragt auf Meinen schwindelhaften Höhenzügen.

Gibst du Mir Recht, so kann Ich ohne weiteres auch dir zu deinem Recht verhelfen und dir mit Meinem Herzblut dazu wärmstens und beglückenst gratulieren.

5.9

Das Quantum an Verstand sowie die Qualität verblüfft, die Ich mit Nachdruck auf den Tisch des Hauses lege, um physisch wie moralisch beispielhaft zu überleben.

Mir geht es stets darum, das Leben an sich artgerecht und krisensicher zu gestalten, damit es als bekömmlich und befriedigend erachtet wird von denen, die es noch im Hier und Jetzt zu absolvieren haben.

Ich sehe Mich nur allzu oft gedrungen, der guten Ordnung halber in die Prozedur, wie in die Tastatur, zu greifen, die alles regelt und regiert im Kanon der Geschichte Meiner Siegestaten.

Ich schaue unverwandt auf die sowie zu denen, die sich bis jetzt mit Anstand und Gewissenhaftigkeit, Rücksicht und Voraussicht prächtig durchgeschlagen haben. Das kommt Meiner Absicht sehr gelegen eine Universenwelt und -Wirtschaft aufzubauen, die mit extra Ordinalitäten glänzt und glitzert, wie niemals etwas noch zuvor.

Dämmert dir's, so dämmert dir auch die Gewissheit, dass es so auf ewig weitergehen könnte, wenn nicht gewisse Elemente sich Saumseligkeit und Flatterhaftigkeit zuschulden kommen liessen. Das vermehrt das noch vorhandne Chaos, statt es tunlich zu verringern und beschädigt so die Effizienz, Rendite, Pausbackigkeit und Liebenswürdigkeit, die aus Meinen Super-Aktionen resultieren.

Wer Gewinn macht, soll auch etwas davon haben. Wer sich in die Nesseln setzt soll ebenfalls mit

Vehemenz verspüren, was er sich frivolerweise angetan.

So erfüllt sich alles nach der Logik der Gesetze, die nun einmal in sich selber schlüssig, griffig und empfindsam sind für alles was geschieht und noch geschehen muss in massgeschneiderten Äonen.

Bewegt bleibt alles bis zum Gehtnichtmehr und Unbewegliches wird ausgeschieden aus dem Gangway der Geschichte, die Ich vor Urzeiten generiert und inszeniert, angestossen und bis dato relevant in Gang gehalten habe.

Leuchtet dir das ein, so Bist du eine wunderbare Räben-Leuchte, aufgehängt in Meinem Zauber-garten und erfreust dich selbst, wie alle kinderstaunenden Gemüter noch viel mehr. Ewig lächelnd und mit Mir liiert erlebt sich so das Ich in deinem Wesen.

5.10
Die Kenntnis Meiner Aspirationen kann dir sehr von Nutzen sein, wenn du in der Tinte sitzest und weder ein noch aus weisst vor und hinter dir. Dann ist es so, dass Ich im Auf und Ab der Überlegungen dein bester Helfer Bin aus der perfiden Patsche, in die du dich in jedem Fall begabst.

Was wesentlich für dich und deine fabulösen Seins-Gewinde ist, kann nur von Mir und Meinen Deutern adäquat beschrieben und entschieden werden.

Sei nun so gut und horche hin und her, um aus dem herrschenden Gelispel das herauszufinden, was auf dich gemünzt, gemischt und angezettelt worden ist von Mir zu deinen Gunsten. Das ist nicht ohne, sollst du wissen, denn es führt dich ungesäumt zu einem höheren Bewusst-Sein als es bisher bei dir heimisch war. Damit ist es dir gegeben, deines Daseins Knäuel vollumfänglich zu entwirren und mit der Klarsicht deiner Sinne allen Augenfälligkeiten, dich betreffend, auf die Spur zu kommen.

Du hinktest noch in vielem hintennach, doch mit dem Pusch und Punsch, die *Ich* dir frei heraus verleihe, holst du alles auf, was schon verloren schien und stellst im ersten Gliede deinen Mann, wie deine Frau, wie's besser nicht geschehen könnte.

Die Kontinuität des überschauenden Bewusstseins kommt dir dabei zu Hilfe ohnegleichen, die dich dorthin dirigiert, wo die süssesten der Früchte ihren Duft verhauchen und wo sich der Biss in ihre Fleischlichkeit noch als gesund erweist, genüsslich und gediegen.

Was einmal für dich bestens war, wird es immer sein und sinnvoll bleiben. Deine Träume transmutieren ins Konkrete und bereichern und beglücken dich, wie Mich, wie nie zuvor.

Ohne Zweifel spricht das für den Segen, den Ich deinem Haus geradewegs verlieh, sodass er nicht mehr krumm hängt und es köstlich ziert für sinngemässe, fabelhafte, konstruktive und beseligende Lustbarkeiten.

5.11
Lief die Geschichte rund, so kann sie auch einmal quadratisch laufen mit dem Vorteil, dass die Ecken abgeschliffen werden können, bis sie wieder rund und allgemein geschätzt sind von den griffigen

Gemütern. So geht's, wenn jemand das nicht schätzt, was ihm das Schicksal angeboten und wenn er das verschleudert, was er hat, bis es zum Trauma kommt in seiner obern Region.

„Drum prüfe, wer sich ewig bindet", kann sich auch auf die Beziehung zwischen dir und Mir gerichtet sehn. Das findet seinen Sinn darin, dass nur die allerbesten Pilgrim auf den Lebenswogen Auserwählte werden von den Dienern Meiner Gotteszunft im Grünen.

Bist du heil, so strebe eifrig danach, noch ein Quäntchen besser und verträglicher zu werden im immensen Menschenpool. Das vereinigt, was zerstritten war und bereinigt manche Fehde schon im Ansatz, eh sie so richtig in die Wut gekommen.

Periodisch kontrolliere Ich die laufenden Geschäfte die du pflegst und stelle gar zu oft bedauernd fest, dass sie nicht koscher sind im Sinn der göttlichen Moral, die schliesslich allem vorgeht, was geschieht und was noch geschehen sollte im gesamten Weltbetrieb.

Ich Bin dafür, dass alle Agitationen sich in ständiger Reform befinden, damit ihr Duktus auf Entfaltung neuer Möglichkeiten, wie entscheidende Verbesserungen zielt, in allen Sparten des gemeinen, wie des hochkarätig angefachten Lebens.

Ich billige, was recht und billig ist, unter dem Begriff der Toleranz und Tunlichkeit in Meinem artenreichen Ministerium.

Wie kann Ich dich nur davon überzeugen, dass sich auf die Dauer alles bestens lohnt, was du in deinem

Haushalt investiert und eingefügt hast, nach dem Geldsack, wie nach dem Geschmack, der dir für alles zur Verfügung steht.

Vor allem lass Ich alles Lautere in seinem wackeren Bestand und Barvermögen, Zugriff, wie in seiner Seinsgeläufigkeit, von allem Anfang an und bis ans Ende bestens leben. Das entwickelt sich zu einer Generosität und Seinsgemeinschaft mit Mir ohnegleichen und ist für alle, die das wirklich wollen, ein gottseliger Gewinn und eine Daseins-Qualität von überirdischem Behagen.

5.12

Dein Betragen trägt sich fort und fort, bis in alle Ewigkeit, die Ich dir und deinem Sein bereitet habe. Ich löffle vieles aus, was du verbrochen, doch alles kann es ja nicht sein, je nach der Bedeutung, die ihm innewohnt.

So durchdacht du immer handelst und zu handeln scheinst, immer braucht es Meine Weisheit noch dazu, um die Sache richtig abzuschliessen.

Erregte Massen sowie alles, was da *ist* und Mich betrifft, lösen sich bestimmt zu Meinen Gunsten, weil Ich sie ja selbst veranlasst habe.

Eigentlich begann doch alles im Moment, wo Ich mit Überlegungen und Vorstellungen angefangen habe. Damit Bin Ich Meiner Selbst bewusst geworden und habe Mich erkannt als der der *ist* und *war* und nimmermehr vergeht.

Nach einer Schonzeit habe Ich damit begonnen, Mein Bewusst-Sein auszudehnen ins Unendliche der Sphären, in denen Ich die Sonnen-Sterne sich verkreisen liess. Das ergab ein Bild von ungeheurer Majestät, Mutwilligkeit, Lichtkraft und Beleben. Ich staunte effektiv Mich selber an und fand dann Ursach, Mich im Minikrimen darzustellen, so wie Ich im Maximalen *Bin* und damit alles, noch so Grandiose, merklich überrage.

Deine Zeit wird erst so recht gekommen sein, wenn du dich in Mir als Mich erfühlst und damit dein Verlangen glättest, über dich hinaus zu wachsen bis zum vielgerühmten Gehtnichtmehr.

Das ist, was Ich schlussendlich überschauen kann in Meiner Funktion als All-Gebieter und Bewahrer der Allherrlichkeit, durch die sich alle Wesen im Erkennen einst voll Ehrfurcht, Freude und Gelassenheit bewegen werden.

Weidlich und gekonnt ist nun von Mir vor dich gelegt, wie alles kommt und geht und doch im Grund genommen nie verblasst in seinem Sein und Wirken, seiner Urgewalt, wie seinem Alles-Übedauern.

5.13

Dem Vorwurf, Ich verbreite unanständige und zweifelhafte Schriften, kann Ich Mich galant entziehen mit dem Kniff, sie seien nicht von Mir. Allenfalls kann Ich sie unter einem Pseudonym verbreiten, das Mich ebenso, wie eine Larve, schützt vor dem Behelligtwerden.

Bist du einmal in das Seinsregister eingetragen, wirst du's nimmer los und jedermann versucht, sich auf irgendeine Weise an dir schadlos zu erhalten. Das geht dann soweit, dass du berühmt für etwas wirst, was du im positiven wie im negativen Sinn gar nicht getan hast im reellen Leben.

Schlechtigkeit kommt immer besser an im Morgenblatt, weil sie das Blut in Wallung bringt und der Kritik und Krise Tür und Angel öffnet um sich her. Gerade das doch solltest du wie Pech und Schwefelschwaden meiden, damit du nicht in den Geruch der Zweifelhaftigkeit gerätst in den allgemeinen Analysen.

Es mag stimmen oder nicht, man kann dich jederzeit verleumden, sei's aus Neid, aus Hass oder auch aus reiner Bosheit im Quartier. Das solltest du nicht auf die leichte Schulter nehmen, aber auf die Schwere macht auch keinen Sinn, so lässest du sie einfach an sich selbst verpuffen und gehst deiner Arbeit, Wahrheit und Bestimmung nach, ohne überhaupt zu reagieren.

Wandelst du im Frieden deiner selbst dahin, wirst du bald interessierte und bewundernde Gemüter finden, die, wie man das macht, von dir erfahren wollen. Das gibt dir die Gelegenheit, in einem wohldurchdachten Sermon zu erklären, dass du einfach *Bist* und dich um das Gute und Gewissenhafte kümmerst in des Lebens seinsgalantem Stil. Damit ist Meine Absicht, Originalität und Bindehaut mit dir erfüllt und du kannst ruhig und von Mir gesichert weiter in die fabelhafte Zukunft streben.

Was du schätzest, wird füglich und vergnüglich auch von Mir als Schatz und Schmusekind behandelt und kann somit nie untergehn. Ich hege alles, was da *ist* und lasse ihm die Pflege angedeihen, die sich für ein göttliches Produkt geziemt und es gezielt zum Höchsten führt in seinen Seinsbelangen.

Das ist alles, was Ich frei heraus geäussert haben will, unter Meinem echten und gerechten Namen, der da heisst: Ich Bin und werde es auf ewig und gottselig bleiben.

Ich prophezeie dir ein Leben in Bewusstheit, Dankbarkeit, Genügsamkeit und seelenvoller Frische, das in jeder Weise dem entspricht, was Ich Mir immer vorgestellt und für alle Wesen vorgesehen habe.

Ich Bin in eigener Regie dazu berufen, fair zu sein und tapfer, durchscheinend und begütigend, besonders, wo noch Trübsinn oder klägliche Gedanken dominant sind. Meine Fülle füllt jedwelches Vakuum, das noch am Leben zehrt und macht es lieblich, traulich und entschieden generös.

Du Bist erwachsen und erwacht und kennst dich selbst genauso, wie Ich Mich von Grund aus kenne, in der Sagenhaftigkeit der Geistessphären.

Ich Bin Mir selber das Idol, das Ich Mir in unendlichen Gedankenfolgen ausgedacht und zugehalten, optimiert und auf Mich eingeschworen habe.

Nun geht es darum, allen Seins Genossen mit Schrift und Schnitt und immanenter Glorie zu einem Minnesang von Edelmütigkeit und Lebenswonne zu vereinen, der Mir gar lieblich in die Geistesohren klingt und Mein Götterherz zur Freude und Glückseligkeit erhebt.

Das Schöpferkräftige beginnt sich überall zu etablieren, wo Elan und Zuversicht, Phantasie und intuitives Schaffen sich den Weg gebahnt und ihr erstrebenswertes Ziel gefunden haben. Das ist Meines Seins bewundernswürdige Doktrin und Meiner All-Natur goldrichtiges Gehaben. Wie von selber glättet sich, was blank und ebenbürtig sein muss und befindet sich damit im Zustand reiner Poesie.

Was sein muss kommt mitnichten gegen Meine Taktik auf, vollkommen ehrlich und geschmeidig, tunlich und galant zu sein, allem gegenüber, was da *ist* und sich darum bemüht, in Ebenbürtigkeit mit Mir und Meinem Handeln zu verfallen. Ich stupfe dich, doch musst du alle Arbeit an dir selber, selbander mit Mir zügig und gewissenhaft mit Schwung und Rasse und Gefühl vollbringen, wie es sich für einen Gottbegnadeten gehört.

Ich weide Meine Lämmer, aber Gräslein beissen und verdauen müssen sie im Eigenwillen und mit Köpfchen, damit alles wie geschmiert verläuft und alle glücklich und gesättigt sind von Meinen Wundergaben.

5.14 -
Ich mag Mich deines Namens immer besser zu entsinnen, weil du ihn gefällig machst vor Mir durch deine Liebestaten. Das geht soweit, dass Ich ihn als Bezug und Beispiel nehme für jene, die nach etwas Kräftigendem und Befriedigendem suchen für ihr Seelenheil und Wesen.

Konkret geht es für alle gläubigen Gemüter um die Offenbarung Meiner Seinsposition in ihrem Sinnbild von sich selbst und damit von der Welt, in der sie sind und leben. Bei tieferem Beschauen sind die irdischen Belange dazu angetan, sich im Vergleich mit Meinen Göttergeist-Begabten als wesenlose Illusionen zu entpuppen, die von dir durchschaut und regelrecht taxiert und eingeordnet werden müssen.

Nicht ohne Grund hab Ich einst darauf hingewiesen, dass Mein Reich und Reichtum sich auf keinen Fall in dieser deiner Welt befindet, sondern in derjenigen, die wahres Leben, wahre Wirklichkeit, Unsterblichkeit und Freiheit atmet von glückselig-machender Manier.

Bist du noch ein Kind, so Bist du's eben nicht von schlechten Eltern, denn sie sind in ihrer Seinsstruktur von ewigen Werten, Wirkungen, Wahrhaftigkeiten und Begabungen beseelt, die sie dazu fähig machen unerhört Gediegenes und Mustergültiges zu schaffen.

Demnach sind sie von der Sorte, die man Gottgeweihte nennt und Seher und mit Mir Verwandte, die von schöpferischen Leistungen und Lieferungen was Bedeutendes verstehn. Ihnen kannst du trauen, weil sie vom Grundsatz her
sowie aus lauter Liebe, zärtlich an Mir hangen und sich alle Mühe geben, Meinem Wort und Vorwort unbedingte Folge zu erweisen in der Weise derer, die kapiert und Konsequenzen daraus abgeleitet haben.

Ich beschliesse Meine Rede an die Nationen mit dem Grundsatz: Gott ist Gross und Ich Bin in Ihm der lichtgesättigte Prophet von überird`schen Gnaden. Folge Mir und sei, von Mir gesegnet und zum Seligsein gezogen.

6

Ich Bin der Hirt der Herde

6.1

Ich Bin der Hirt der Herde, der kommunikative Seinsprophet, an dessen Fäden alles hängt, was *ist* und was würdig ist, von Mir erwähnt zu werden. Ich raffe jedes Wort zusammen, das Mich preisen kann und hinterlasse eine Spur von Wohlgemutheit, Seelenseligkeit und Seinsgewissheit dort, wo Ich vorüberging.

Hast du gewusst, dass Meine Pfründen höher hangen, als du je hinaufzublicken fähig sein wirst und dass es nichts gibt, was Ich nicht längelang und seelenvoll beherrsche in der wohlgoutierten Tat.

Ich kann dir ohne Weiteres erklären, wie Ich zu solchem Reichtum, Richtwert und zu so bedeutender Regie gekommen Bin, die Mich dazu fähig machen, allem Meinen Stempel aufzudrücken und ihm dergestalt zu wissen machen, wer Ich Bin und was Ich mit ihm zu unternehmen trachte in der Vielfalt Meiner Trachten und beschaulichen Kostüme, die Mir eigen.

Dazu kommt Mein Wille, aus Perfektem noch Perfekteres herauszuschlagen und Gewissenhaftes noch erbaulicher, revolutionärer und erhabener zu stilisieren als es vordem war.

Gestehst du Mir den Vorrang ein, den Ich vor dir gewonnen habe, kann Ich dir den Orden wahren Freiseins frei heraus am Schulterblatt platzieren. Das ist dann für alle, die da Seher sind, ein fabelhafter Anblick, der ihnen den Beweis erbringt von wahrer Einsicht und Verwegenheit, Glaubwürdigkeit und tatenfrohem Wirken an der Welt an sich im Unergründlichen.

Glaubst du an Mich, so kann Ich auch an deine Absicht glauben, Mir genehm und wohlgesinnt, untertänig und devot zu sein mit wohlbegründeten und alles überschauenden Manieren.

Das wird Glück und Seligkeit, Wohlgefühl und Fabelhaftigkeit in dir begründen.

6.2

Ich sag dir nur das Eine, dass du *Bist* mit alledem auf's innigste verwandt, was Ich Mir Bin, in Meinen Äusserungen und Sentenzen, Tänzen und Beglaubigungen vor Mich hin.

Meine Hände können reden und dem, was Ich vernehmen lasse, ist die höchste Lauterkeit und Magnitude zuzuschreiben, die es zu erreichen gilt im Numinosen, wie im öffentlichem Seins-Gehaben.

Ich kann es kaum erwarten, bis auch du dich dazu aufraffst, Meinen Thesen und Begriffen tunlich Folge und Tribut zu leisten in der Überzeugung, dass sie gut und gängig sind, von allen Seiten her betrachtet und beurteilt, minutiös und doktrinär.

Standfest Bin Ich schon immer gegenüber Mir gewesen. Das hat dazu geführt, dass Mich keiner wegbuxiert hat von der Stelle, die Ich selbstbewusst und krisensicher, abenteuerlich, schlagkräftig und entschieden eingenommen habe.

Das alles weisst du schon, es fällt dir jedoch gar nicht ein, in Meinem Sinn und Geist zu spuren, weil du noch um keinen Deut begriffen hast, wieviel Mir daran liegt, dich ewig heiter und verständig, gutmütig und gewissenhaft vor Mir und Meinen Ältesten zu sehn.

Auf jeden Fall hast du beständig vor dir her zu sagen: Ich bin noch auf dem Weg der guten Hoffnung, dem zu begegnen, der da *ist*, in mir und allen Anderen als tonangebende Instanz und Ortspartei tagsüber und vor allem in dem Stillesein der nächtigen Verhängnis um Mich her. Das kann dann mächtige und prächtige und liebenswerte Konsequenzen haben, in der Weise des Befriedens deines Seinsgewissens und der Lockerung von deinen Ängsten in der Tat.

Du Bist und weisst dann, dass die Folge davon wunderbar erlösend wirkt in deinem Seinsgewissen, wie in deinem handelsüblichen Gehaben. Das wird dir dann von Mir auf's trefflichste und wunderbarste gutgeschrieben, sodass du deiner selbst bewusst wirst und beseelt von immerwährendem Behagen.

6.3
Was tust du, um vor allem alles noch zum Blühn zu bringen? Du vertraust und traust dich Meiner Hilfe an im unergründlichem Getriebe. Was wie magisch dich umlauert, stösst auf Meines Widerstands gottselige Gebärde, die auslöscht, was verwundet und verwundert war.

Bekennst du dich zu Mir, kann es dir mitnichten am Geringsten fehlen. Du empfängst und gibst es weiter an die Welt der harrende Gemeinde derer, die es wirklich nötig haben.

Alles geht Mir leicht und liebvoll von der Hand, wenn Ich beginne aktiv und gewissenhaft, verspielt und zügig zu agieren mit der Absicht, ein gelungnes und gediegnes Werk hervorzubringen. Das hat dann zur Folge, dass Ich rings von Schönheit, Blütenduft und Helligkeit umgeben bin, die Mich heiter und gelassen stimmen auf dem Weltenwege.

Was nicht zu unterschätzen ist, sind die vielen Dankbezeugungen, die Ich Tag für Tag für Meine exzellenten Dienste und Gefälligkeiten von weit her erhalte. Das kräftigt Meinen Mut, in allen Regionen Meines Wirkens noch viel mehr zu tun und zu vollbringen, als es bisher war.

Du bist explizit von Mir gehalten, dasselbe auch mit Vehemenz zu tun und dich dabei nicht auf das Mindeste zu schonen. Das zählt und zahlt sich aus beim grandiosen Fest des lukrativen und gefälligen Prämierens aller trefflich aufgemachten Taten.

Du gewinnst auf jeden Fall, was dir gehörig ist, im guten wie im positiven Sinne, den Ich alleweil auf's innigste vertrete.

Ich gehe vor wie einer, der die ersten wie die letzten Schliche kennt in seinem Kabinett von ausgezeichneten Methoden. Das verleiht Mir Unerschöpflichkeit und Unbestechlichkeit in wunderbar gesittetem Kreieren und Prästieren dessen, was Ich will.

So geschieht auf ewig, was von Mir bestimmt und zum Geschehen auserlesen worden ist und zeichnet Mich als Hüter aus der wahren Heiterkeit im Gloriosen-

6.4
Was polarisierend wirkt, muss sich mit der Zeit in Meiner Einheit wieder finden, damit der Friede im

Land und das Zerstrittene sich in der Freundschaft, Achtung und Verehrung wieder finden.

Ich überzeuge die Gemüter von der Nützlichkeit der klaren Definitionen, wie auch von dem Heil, das das gegenseitige Verständnis bringt ins alltägliche Rumoren.

Nun gut. Ich traue dir die Einsicht zu ins weltverändernde und durch die Kontinente schlendernde, bedeutungsvolle Buchstabieren neuer Wertbegriffe. Sie schüren Unruh und sind trotzdem dazu angetan, dem ruhigen Betrachter seines Daseins Würde, Winkelmass, Bezug und Zug zu Mir in allen Ehren beizubringen.

Ich stütze Mich auf das, was Ich Mir Bin und brauche keine flatternden, flattierenden und überzeugenden Pamphlete zu verfassen, weil Ich Mich zweifellos in Meiner eignen, eigenartigen und götterlichten Sicherheit befinde.

Nur auf diese Weise kann Ich jede noch so zwitterhafte Botschaft mit Gelassenheit empfangen, um sie dann mit wohlerwogner Überlegenheit auf's Beste zu parieren. Gleichgültig ist Mir nichts, doch eben nicht so wichtig, dass es Mich beständig auf die Palme bringen könnte in der Seelenlandschaft, die Mein eigen ist, seit eh und je.

Dem Konstanten gilt Mein Sinnen und Bestehn, derweil darin die nötige Beweglichkeit nicht fehlt, um alles abzurunden, was Mich und die Universenwelt betrifft im irdischen wie überirdischen Gebaren.

Ich finde es durchaus berechtigt, dass du dich mit dem befassest, was Ich Bin, derweil es eben auch dein Wirken, Wesen sowie deine Wohlfahrt einschliesst im Bewusstsein, dass du *Bist* und nichts zu fürchten hast in Mir.

Dein Temperament ist wohlbedacht von Mir entschieden und gezüchtet worden, damit es dir gelingt, mit maximalem Einsatz Mir die allerbesten Dienste zu erweisen. Das schlägt ein und schlägt die Zither der Unendlichkeit, um dich mit allem zu versöhnen.

6.5

Persönlichkeiten sind bei Mir und Meinem Anhang höchst willkommen, die sich ernsthaft mit dem Sein und seiner Entourage befassen. Das gebiert Geselligkeit, Gutmütigkeit sowie charmanten Umgang mit den Protagonisten neuer, sinn-geladener Gestaltungen, die das Leben eleganter und bekömmlicher erscheinen lassen.

Ich wette, dass dir das noch nicht geläufig und plausibel ist, aus welchem Grund auch immer, derweil Ich Mich schon seit Äonenzeit damit befasse, immer bodenständigere und bedeutendere Werke der Vernunft und Kunst zu generieren.

Hast du dich genügend lang mit dem befasst, was Ich aus tiefstem Grund und mit der edelsten Begründung alles unternehme, bist du ganz entzückt davon und willst auch so wie Ich Gediegenes und Feingeschliffenes kreieren, das allgemein gefällt und akzeptiert wird von den niedern Schichten, bis zur Noblesse im Revier.

Da könnte Ich noch viel von Tatkraft, Wohlverstand und Nützlichkeit erwähnen, die aus dem hervorgehn, was die wahrhaft Cleveren und allem Wohlgesinnten mit der grossen wie der kitzekleinen Kelle in Bewegung setzen. Sie sind es, die dem Leben Sinn und Satisfaktion, Seelenseligkeit und Sicherheit verschaffen, unablässig und devot.

Du magst sie schätzen oder nicht, an ihnen hängt das künftige Verhalten ganzer Generationen, die sich Menschenwürde, Anstand und gerechtes Handeln auf die Fahne wie in's Herz geschrieben haben.

Mich erstaunt die Leichtigkeit und Liebenswürdigkeit, mit der die wahren Künster sich in Szene setzen. Sie verleihen ihrem, wie dem allgemeinen Menschentum, das Ansehn wie die Pracht des Wirkens, die ihm alleweil gebührt, von ihrer wie von Meiner Sicht betrachtet und gebührend estimiert.

Ich handle stets spontan, indem Ich Meine glänzenden Ideen sogleich in die Tat und Trülle setze, wo sie alsogleich enormes Renommee geniessen dürfen und zugleich Freudenschwälle und Begeisterungen überall auf's tunlichste und deliziöseste verbreiten.

6.6

Die Heilkraft Christi heiligt und erhebt dich in den Himmel des gerechten Ausgleichs zwischen dir und Meinem Seinskonzept im Numinosem. Was dich deine Wahl auf Mich beziehen liess, ist vorab nicht zu eruieren, doch dann erscheint dir alles so natürlich, nützlich und wie nur etwas allem noch hinzugegeben.

Was Ich in diesem Sinn verwerte, hält seinen Wert für Zeiten, wie für Ewigkeiten und lächelt dir Vergebung zu, wo viele Andere sich über deine Taktik und Dressur nur ellenlang beschwerten.

Du kannst, wenn du nur willst, an allem etwas finden, was dich fördert und zu dem erhebt, was Ich mit dir grundsätzlich und gewichtig, gedankenschwer und richtig in das Sein erheben wollte.

Mir ist alles sonnenklar, was dir im grossen Ganzen noch verhängt ist, so, dass du meistens noch im Trübem fischen musst, wenn es dir überhaupt gefällig ist, nach etwas Nützlichem zu suchen.

Brandneu, auf jeden Fall, versuchst du alles anzupreisen, was irgendwer schon längstens eruiert und für sich beansprucht und gepriesen hat in seinem Eifer Grossmut zu beweisen.

Dabei Bin Ich noch längstens, allerhöchstens und bezaubernstens derjenige, der alle Ursach hat, zu glänzen und das Dasein zu stabilisieren in der mutigen und musterhaften Tat.

Ich Bin nicht irgendwer, wenn es darauf ankommt, zu bewerten und mit aller Strenge Punkte zu verteilen. Auf Mich muss beinah alles fallen und für dich fällt nur noch herzlich wenig ab, damit du überleben kannst im Kampf um warme, knusperige Brötchen.

Beständig knistert es in deinem Umkreis von Vermutungen, sowie Verschwörungstheorien , die dir das Haar zu Berge stehen lassen könnten, sofern du es noch hast. Dahinter liegt die Angst an sich vor Katastrophen und Veränderungen, die auch dich miteinbeziehen und dich dazu zwingen, dich anders und vertraulicher Mir gegenüber zu verhalten. Es ist die Baisse in deinem Leben, die du überwinden musst, um schliesslich Meinem Wink gemäss zu reüssieren und zu existieren ohne jeden Vorbehalt in Meinem vielgerühmten, seligmachenden und heitern Sternenmeer.

6.7

Das Moderate wird oft von dem Impulsiven und Grenzüberschreitenden verdrängt, das sich in Szene setzt, als hätte es die Welt allein für sich gepachtet. Diese Haltung wird laufend von Mir korrigiert, indem Ich Schicksalsschläge auf die Rücksichtslosen prasseln lasse, die sie zur Vernunft und Gottesminne führen sollen.

Die meisten jedoch merken nicht, worum es wirklich geht im Leben und lassen ihren Schlendrian und Schlachtplan unablässig über ihres Alltags Bühne laufen. Was sie nicht kümmert, kümmert Mich hingegen sehr und lässt Mich Wege suchen, den Unvernünftigen und Eigensinnigen Einhalt zu gebieten. Das geschieht mit weit ausholender Gebärde des Umfangens aller Wesen denkender Natur voll Liebe, um sie schliesslich doch noch zur Raison und Liebenswürdigkeit zu transformieren.

Mein Gehaben ist gereift durch Millionen und Mein Ansatz kann als rücksichtsvoll und überlegt, kontributiv und konstruktiv bezeichnet werden.

Ich liebe es, direkt auf Mein erklärtes Ziel und Meine Kontrahenden zuzugehn, um das, was Ich für gut und tunlich finde, raschmöglichst und manierlich zu erreichen. Das bringt Mich in die Lage, Land und Leute zu gewinnen in einem Mass, das vordem kaum erreichbar schien mit noch soviel Elan und partnerschaftlichem Verhalten.

Nicht nur auf die Gründe, sondern auf die Hintergründe, kommt es bei Mir an und tatsächlich fallen diese immer stärker ins Gewicht, wo Endgültiges und Seinsvollendetes erreicht und lebensfroh erhalten werden soll.

Dabei werde Ich Mich nicht genieren, grosszügig und zugleich bescheiden aufzutreten, um schliesslich als geschätzt , geachtet und verbindlich dazustehn.

Ich horte nicht, weil Meine Fruchtbarkeit und Überlegtheit jederzeit gerade das hervorbringt, was Ich eben nötig habe und dem Überfluss die Stirne bietet, überlegt und revolutionär.

Das alles wird auch dich zu Lebensglück, Bewusstheit, Heiterkeit, Gelöstheit und Voraussicht führen.

6.8
Liebst du das Freisein, kann Ich dir davon ein massgeschneidert Stücklein geben. Die Forderungen wallen dennoch unverblümt an dich heran, doch kann Ich dich von ihrem Druck und Zuck auf's trefflichste erlösen.

Banalitäten lass Ich erst einmal beiseite liegen, Konstruktives packe Ich an deiner Seite tüchtig an und lass es für gewöhnlich unvermittelt siegen.

Spät ist besser als gar nicht, bläue Ich dir ein und habe dabei die menschlichen Versäumnisse,

Mutwilligkeiten und Entschuldigungen vor den Götteraugen.

Wer immer sich bei Mir beklagt, kann auf Gehör wie auf gehörige Erwiderung von Meiner Seite hoffen.

Es trifft sich wunderbar, dass du nun, auf Meiner Seite etabliert, dieselben Werte und Wahrhaftigkeiten, Ideale und Empfindungen vertrittst, wie *Ich* sie Meinerseits vertrete.

So wie du Mein Sein bewunderst, bewundere ich deine Fähigkeit, dem Meinen alle Ehre und Beachtung zu erweisen, die ihm offenbar gebührt.

Ich kläre alles Relevante für dich ab, damit du nicht im Trüben fischen musst, um genügend Informationen zu erhalten zur Beschwichtigung von deinen Gegensätzlichkeiten und erregendem Begründen.

Was immer dich so richtig trifft, kann Ich in eine Drift verwandeln von umsorgender Gerechtigkeit und Sinnkraft am gesamten Leben.

Mit Weisheit hat das viel zu tun, die sich von Mir zu dir erstreckt in einem langgedehnten Bogen und mit begütigendem Resultat. Das gebiert in dir dasselbe Wohlgefühl, wie Ich es seit Äonen als essenziell in Mir gepflegt und hochgehalten habe.

Erhaben sein soll nicht nur *Meine* Zierde, sondern auch die Deine werden, alsolange wie du *Bist* am Ewigen und nie verebbenden Agieren.

Dies alles lege Ich dir vor zu deiner Freude und Erbauung, Wohlfahrt, Seinsbekömmlichkeit und

Lebensliebe. Schau es an und akquiriere davon mehr und mehr.

6.9

Glaubst du wirklich an die ersten wie die letzten Dinge, die dein Sein betreffen im Allhier? Ich will sie dir, so gut ich kann, erklären. Es waren Geisteskräfte, die das All beseelten und sich mählich auf sich selbst besannen, um das Chaotische zu ordnen und in Gedanken Pläne für die Zukunft anzulegen. Da sie sich allwie *ein* Wesen makrokosmischer Natur verstanden, trugen sie sich mit der ungeheuer mächtigen Idee, sich im mikrokosmischen ein Abbild ihrer selbst zu schaffen von bewundernswerter Sinnkraft, Rüstigkeit und Qualität.

Die Idee des Menschen, wie der Menschheit, war geboren und wird seitdem seit Äonen von den Göttern ins Reale übertragen.

In Werden bist du alleweil, derweil das Kosmische, des Vorbild Ich dir Bin, vollendet ist in seinem Grundgehalt und sich nur noch verändert, um seinem innewohnenden Potenzial und Plansoll zu genügen.

Denkst du auch, dass es so ist und war, so kann Ich dir zu dieser Einsicht bestens gratulieren. Das Unbestimmte deiner Herkunft nimmt damit konkrete Formen an und diese halten dir den Wert von deinem Wesensein unmissverständlich vor die geistbeseelten Augen.

Betrachtest du die heimische Natur, so siehst du in ihr ein beständig Aufblühn und Vergehn, an dem Ich, als in kosmischem Format, Meinen innigen und unersetzlich dargereichten Anteil habe. Dies zu wissen mag dich sicherlich in deinem kleinen Ich etwas bescheidener sowie im grossen, das Ich Bin, erhabener und Gottesgeist beseelter machen.

Als in Mir ist deine Menschenwürde übermenschlich grandios und darf sich sakrosankt und seins-gediegen, supergenial und allbedeutend nennen.

Ich führe dich zu dieser Einsicht stufenweis empor und lasse dich darüber meditieren, was du wirklich Bist und was du einstens sein wirst in der sinngerechten und begeisternden Vollendung deines Wesens.

So und somit kann Ich Meinen Sermon schliessen und die Hoffnung hegen, dass du mit Mir mitziehst durch das All der laufenden und wunderbar beglückenden Äonen.

6.10
Abergläubig musst du nicht mehr sein, seitdem Ich dich in Meine Zauberfibel eingetragen habe. Das bedeutet ganz konkret für dich, dass Ich deine Wege vorbereite und dich auf ihnen leite, bündig, rührig und auf's Äusserste entschieden.

In dieser Hinsicht Bin Ich zielbewusst und generös, unerbittlich und bereit, alles auf dieselbe Karte und Kartei zu setzen für dein körperlich und seelisch Wohl.

Du bist von Mir markiert für alle Zeiten als ein Wesen, dem besondere Beachtung und Behutsamkeit geschenkt und zugewendet werden muss, damit es wunderbar floriert und schliesslich als saniert herauskommt aus dem Traitement, das *Ich* ihm unvermittelt angedeihen lasse.

Nun bist du bereit, zu denen gehören, die alles daran setzen, um mit Mir vereint zu sein im vielversprechenden Zusammengehn auf allen Lebens- Leidens und Entwicklungswegen.

Mir kommt es vor, als ob Ich dir das schon einmal und zur Genüge eingetrichtert hätte, als ein Votum, das unendlich wichtig ist für deines Daseins Aufruhr und Behagen. Jede deiner Handlungen steht bei Mir behutsam zur Debatte, damit Ich sie zum Besten lenken kann, was möglich ist, in Meinem vielgestaltenden Elan.

Behutsam geh Ich immer vor, wo die Gefahr besteht, dass etwas missverstanden wird von dem, was Mir besonders und gesondert, zweifellos und sonderbar am Herzen liegt vom Leben Meiner Lieben.

Das ist es, was Ich anzumerken habe, um den Lauf der Weltendinge zu beschleunigen und zu begüten, bis sie als vollendet und erhaben vor Mir ihre weitgedehnten Kreise ziehn. Schliesslich ist auf sie, wie dich, gemünzt, was ihr am allerwenigsten vermutet, und was euch in die Lage bringt, auf der ganzen Linie regelrecht zu reüssieren und galant zu emergieren aus der Herzennot.

Dafür steh Ich ein und daraus wird sich für dich Wonnesein und heitere Glückseligkeit ergeben.

6.11

Selbst die Karolinger trugen dazu bei, das Leben sinnvoll und erträglich zu gestalten, geistvoll und gediegen. Auch deine Geistesreisen werden von Mir ständig stilisiert und auf den neusten Stand gebracht. Am offensichtlichsten gibt sich dir Mein Wesen zu erkennen, wenn es dir in Inspirationen mitteilt, was es von dir will und was ihm wohlgefällig ist an deinem Dich-Verhalten.

Da komme Ich mit vielem nicht zu Rande, was für dich schon gang und gäbe ist im ganz gewöhnlichen sowie im übersinnlichen Verhalten.

Was wirfst du dir denn dauernd vor in deinen Vorbehalten über dies und das, derweil es Bagatellen sind, die der Beachtung kaum bedürfen. Du würdest besser auf das Wesentliche zugehn, das direkt mit Mir zu tun hat und damit mit deinen ausserordentlich sensiblen Hintergründen.

Dort, wo sich nicht mehr bodenständig und behänd hantieren lässt, beginnt Mein Reich sich dir zu offenbaren. Sibyllinisch lässt es sich vor dir vernehmen, sodass du Mühe hast, es regelrecht zu deuten und schlussendlich zu entziffern mit deiner handelsüblichen Philosophie.

Was dir Mein blosses Dasein bringt, ist dennoch überhaupt nicht zu verachten, weil dein Heil und deine Heilung daran hängt sowie dein ganzes Seinsgenügen.

Ich komme dir zuvor, wo du noch schmählich hintennach hinkst und bedenke dich mit Alledem, was dir von Nutzen ist und dich voll Sanftmut und Gelassenheit zu Mir erhebt.

Dein Glaube wird durch deines Wissens Klarsicht wesentlich erweitert und beginnt, dich von dem zu überzeugen, was Ich Bin in dir und deinen mannigfachen Angelegenheiten.

Was dein Sein betrifft, muss sowieso Mein eigenes zuvörderst und zu allererst das Sagen haben. Wir sind selbander treu daran, dem Weltenwerk den ihm gehörigen Substanzbedarf und Nimbus zu verleihen, die von Mir ausgehn und mit deinem Mittun regelrecht vollendet werden.

Das alles künde Ich dir an, damit das Leben dir als sinnvoll, heiter und bewundernswert erscheinen kann.

6.12

Von welchem Umfang dein Gedächtnis immer sein mag, Meines fängt, nebst Myriaden anderen, auch deine Grillen ein und lässt diese vor Mir Revue und Salut passieren.

Was Ich dir zu melden habe, hat sehr viel mit deinem Sinn-Gehalt zu tun sowie mit deinen hochbrisanten und riskant verlaufenden Affären. Ich überschaue ihren Grundgehalt und kann dir so die besten Argumente dafür bringen, was Mir an ihnen nicht gefällt und was gefällig ist in Meinen götterlichten Augen.

Dein Wohl und Wehe hängt noch immer davon ab, mit welchen Mitteln du dich durchzubringen suchst und ob sie lauter oder skandalös sind auf der Waage der Gerechtigkeit am Sein und Leben.

Du gewinnst enorm an Achtung, wenn du jeden deiner Schritte tüchtig überlegst, bevor du handelst und durch Unbedachtsamkeit in eine schiefe Lage oder gar in die Bredouille gerätst.

Was typisch ist an Mir, soll auch in deinem Fall und Wohlgefallen dem entsprechen, was Ich alleweil realisiert und in den Weg geleitet habe. Du kannst es nehmen wie du willst, alles, was von Mir kommt, eignet sich vortrefflich dazu, deinen Geisteshorizont zu weiten und dir Dinge aufzuzeigen, die du vordem nie bedacht und zu deinem, wie der Welten, Vorteil angewendet und erprobt hast.

Geistvoll, resistent, manierlich, liebenswert und Weise sollst du dich verhalten, damit deine Schritte, wenn du kommst , als Wohlklang und wenn du wieder gehst, als Trauerspiel empfunden werden.

Willst du willig sein, so verhelfe Ich dir ungesäumt zu Glanz und Heiterkeit in deines Lebens Lust und Resümee. In allem, was dich ankommt, wirst du Meine Güte spüren und vor allem Meine Absicht, dich zu fördern, wo und wie es geht auf deinem wunderbar von Mir geführten Gang ins glückselig-machende und zielbewusste übersinnliche Erleben. Dies ist Meines Seiens Ritual und liebevoller Akt zu deinen nie verebbenden und liebevollen Gunsten.

6.13
Drudenfüsse laufen nicht so bald davon, weil sie fest auf ihren Sockeln stehn im Ungemütlichen. Du aber sollst dem Wandern dich verschreiben nach der Art der Zimmerleute, die was Rechtes von der Welt und ihrer Rundung sehen und erleben wollten.

Nicht gering war die Enttäuschung, wenn sie in heissen Wüstensand gerieten, doch sie rafften sich zusammen und beschrieben einen weiten Bogen um die drohende Gefährdung, schmählich zu vertrocknen und verdursten.

Ziehst du Bilanz von deinen eigenen Verhältnissen, Befriedigungen, Kümmernissen und Gefahren, geht und ging es dir nicht besser als den Wandervögeln, welche unstet in den Beinen wie den Herzen waren, ohne noch sich selber angemessen zu verstehn.

Diesem Zustand einen bessern Ansatz, ein erstrebenswerteres Motiv und eine sagenhafte Zukunft zu bereiten Bin Ich auf den Weltenplan getreten und habe einer Wendung vom Natürlichen ins Übersinnliche das Wort geredet, wie es Mir schon immer teuer und geläufig war. Das soll auch dir gehörig Eindruck, Motivation und Mut verschaffen, um der Welt zu zeigen, wozu du fähig und berufen bist in Mir.

Dein Aufbruch wird zu einer Fahrt zu den geliebten Sternen, die das All beleben und den Geisteswall repräsentieren, der hinter, neben, über und in allem steht.

Da brauch Ich dir wohl nicht entschieden zu bestätigen, dass Ich das alles Bin, was zur Debatte und Verfügung steht, um darüber ellenlang zu diskutieren, aber mehr noch tätig, schöpferisch, beglückend und bewusst ins Lebensfeld zu ziehn.

Da ist dir nichts zu viel, um deinen Wohlverstand zu wetzen und durch Klugheit, Wendigkeit, Resolutheit und Genie das zu erreichen, was Ich will in dir und allen Weltenbürgern im Allhier. Konkret gesagt, läuft alles wie am Schnürchen, einem wohlgeordneten, einsichtigen und bravurösen Ende stilgerecht entgegen, das Ich Bin und dem Ich alle Meine Kräfte weihe in beglückendem, mirakulösem und erhebendem Bestehn.

6.14

Einer liebevollen Geste folgend trete Ich gewollt und willig auf den Lebensplan, um dort Meinen Pflichten völlig zu genügen. Ich halte Mich nicht auf, wo andere mit unergiebigem, nutzlosem Her und Hin die Zeit vertrödeln und nichts fertig bringen in der wohlgesetzten Tat.

Ich spure überall, wo`s etwas Wohlgemessenes und Kräftiges zu unternehmen gilt und trage Meine guten Gründe dazu offen vor Mir her.

Willst du an *Meiner* Schule Weisheit lernen, schreib dich schleunigst ein und versäume keinen Tag und kein Stunde, um dir das zu merken, was gemeinhin nötig ist und brauchbar für das Leben.

Du tendierst dazu zu vieles aufzuschichten, was dann aus dem Gleichgewicht gerät und, niederstürzend, zu Kalamitäten führt, die Ich für dich nicht vorgesehen und bewilligt habe.

Was dir Not tut, ist ein schicklich angefertigtes Brevier, in welchem du fein säuberlich notiert und eingetragen hast, was schön der Reihe nach zu tun und was zu lassen ist in deinem Handlungsraum und unablässigen Rumoren. Das verleiht dir Sicherheit im Wirken und Gelassenheit im wirklichen In-dir-Beruhn.

Ist die Wende zur Vernunft einmal vollzogen, kannst du ohne weiteres im nächsten Schritt zur ausgezeichneten Erkenntnis gehn, dass alles, was dir frommt, aus Meinem Weistum zu dir strömt und dich zu einem Vorbild von bewundernswerter Fertigkeit und Überlegtheit stilisiert.

So wie du an Meinem Munde hängst, hängen Myriaden an dem deinen und ergötzen sich an den Geschichten, die du ihnen vorträgst, um ihres Heiles wie auch ihrer Heiligung willen, die ihnen von Mir offensichtlich und genehm zugute kommen,.

Weder allzu forsch noch zimperlich Bin Ich bestrebt, den Lebensdingen auf den Grund zu gehn, um ihnen Schneid und Schicklichkeit, Bewusstheit, Resonanz und Würde zu verschaffen, wie es sich gehört und billig ist in ihrem seligmachenden Elan.

6.15

Den Begriff der Integration will Ich hier feiern mit der Absicht, ihn für dich plausibel und beliebt zu machen. Gerade du sollst dich in alles, was da *ist*, gedankenträchtig, emotionell und willfährig integrieren, damit du dich als eins mit allem sehen und erfühlen kannst im Reichtum deiner Züge. Das gebiert dann absolute Solidarität mit allen Weltenwesen, seien sie nun mineralischer, pflanzlicher, tierischer oder menschlicher Natur.

Ich will dein Mitempfinden fördern mit dem, was täglich um dich her im Weltenraum geschieht und sich bewegt, verändert, aufbäumt und darauf in Frieden wieder niederlegt.

Bist du so, so sollst du wissen, dass Ich es in dir auch Bin und zwar in unerhört gesteigerten und meisterhaften Massen, dass aus dir ein Andrer wird, ein Besserer und Vollendeterer, als es bisher nur in einem zögerlichen Ansatz war.

Was Ich von dir erwarte ist, dass deine Seinsideen sich zuvörderst nur auf Mich und Meine Götterherrlichkeit in dir beziehn. Das macht dich fit und vornehm für den Lobgesang, den du beständig intonieren sollst in deines Herzens Inbrunst, Meinem zu. Darob wird dich Mein Segen überwallen und die Geisteskräfte, die Ich dir entsende, werden ganze Arbeit leisten können in Bezug auf Loyalität mit allen Wesen, Aufbau , schöpferisches Flair und Zuversicht in grandiosem Stil.

Die Kenntnis Meiner Absicht, wie das Dich-in-sie-Vertiefen, verschafft dir gegenüber deinen Eigenheiten einen Freiraum von unendlicher Gewähr für Lebensliebe, Wohlbefinden, Seriosität und Seinsgewissheit in nie endendem, beglückenden und heiteren Genügen.

Bist *du* schon Mein Idol, so soll Ich es für dich noch viel mehr sein und dich dazu ermuntern, vollends aus deinem kleinen Ich herauszugehn, um dich in Meinem grandiosen voll Begeisterung, Beglückung, Souveränität und Seelenseligkeit zu etablieren.

6.16
Verstehst du dich auf's Bitten, fang doch mit Erleuchtung an, die dir in Sachen Sein von Mir verabreicht werden soll in wohlerwognen Portionen.

Was Ich dir vermittle, ist ein wahrer Goldschatz an Erfahrungen, die sich Mir aus dem profanen, wie dem sensibilisierten, Lebenslauf ergeben haben. *Die* Erscheinung kann man als begeisternd und beseligend bezeichnen, den andern haftet eine unbestimmte Schwermut an, die es mit der Götterhilfe, wie mit ihrem tätigen Erbarmen, regelrecht zu überwinden gilt im Andersartigen.

Bist du soweit gediehen, dass dir der Verkehr mit Mir und Meinesgleichen recht geläufig und probat, bekömmlich und salut geworden ist, kann Ich dich mit tieferen Geheimnissen, Glaubwürdigkeiten und Erleuchtungen versehn, die dir intensiven Halt bescheren.

Was willst du denn noch mehr, als mit der Gewissheit durch das Leben schwadronieren, dass du in jedem Fall von Mir gehalten bist mit reiner Absicht, wie mit dem Verlangen, in dir ganz zu werden, sowie himmelhoch erhaben.

Ich infiltriere, was dir Not, tut in dein offenständiges Gewissen und erkenne Mich in ihm als das, was sich mit hunderttausend faszinierenden Kaprizen durch Äonen schlängelt und sich in ihnen seinsgewaltig etabliert.

Wer stromaufwärts rudern will, muss seine Kräfte mächtig stählen, damit er überhaupt vom Fleck kommt und nicht in die falsche Richtung driftet immer mehr. Da können ein gewisses Windchen und gehisste Segel Wunder wirken und dich dem Ziel entgegenführen, figalanter geht's nicht mehr.

So verschränken sich die Lebensdinge zum erwünschten Fortschritt und Gelingen auserlesner Werke überall im Weltenmeer. Dir wie Mir ist dazu das bewundernswerte Sein gegeben und dazu die Kraft, es angemessen und vermyriadenfacht zum Blühn zu bringen.

Niemand weiss, wie das begann und enden wird es sowieso nicht mehr in seiner Glorie des universenweiten Sich-Vermehrens-und-Erweiterns im Bewusstsein seiner selbst voll Esprit und gottseligem Erlaben.

6.17

Das Populäre kann nicht Meine Sache sein, weil es ihm an Ernst gebricht des Seins und Sich-Erlebens. Ich halte es für richtig, wichtig und entschieden, dass sich jedermann um Eigenständigkeit, Originalität und Munterkeit bemüht im Schaffen neuer Werte und bewundernswerter Attitüden seiner selbst im Unergründlichen.

Ein Refrain kann genügen, um dich bei der Strippe, Stange, wie auf dem Trapez zu halten, bei denen du dich frei entfalten kannst nach eigenem Belieben. Das Dehnliche, Versöhnliche gehört natürlich auch dazu, mit denen du dich überall beliebt machst, wo du auftrittst als erfahrener Jongleur.

Das alles kann Mir recht und gut sein alleweil auch deshalb, weil es dich mit Mir und Meinem Weltsein immanent verbindet in den sagenhaften Geisteshöhn.

Auf Mein Betreiben und Empfehlen wirst du immer weiter ins Erkennen deines Seins gelangen, was dir von Mir als eine Heldentat und ruhmerfüllte Tunlichkeit im Leben angerechnet wird für Ewigkeiten.

Du sollst wissen, dass Ich Mich auf keinen Fall blamieren will vor Meinem eignen Tun und Lassen und dazu gehört auch die Entfaltung und Entwicklung deines menschgewordnen Wesens. In ihm verkörpere Ich, was Ich letztlich Bin und was Ich seit Äonen intendiert und seinsgerecht hervorgetrieben habe. An deinem Schmiss und

Eifer liegt es nun, der Weltaffäre einen würdigen und bravourösen Ausgang zu verschaffen. Bei diesem überragenden und kapitalen Unterfangen kannst du Meiner Umsicht und Gehilfenschaft gewiss sein, weil es längst erwiesen ist, dass im Grund genommen ohne Mich nichts geht und dass selbst die Sterne ohne Meinen Anstoss nimmer sich bewegen.

Ich Bin stets bei der Sache und verleihe auch der Menschenschar auf dem sich frei entfaltenden Planeten alles, was ihr dienlich ist, um schlussends zu reüssieren und das von Mir Verheissne zu prästieren.

7

Die enorme Treue zu Mir selbst

7.1

Was Ich leiste, leistet sich kein Zweiter in den Geisteswelten, die Ich mit Meinen Kräften und Empfindungen seit eh und je auf's trefflichste belebe.

Das ist Mein Metier und ehernes Geschick, an dem Ich die enorme Treue zu Mir selbst sowie den Wohllaut Meines schöpferkräftigen Agierens regelrecht gefunden habe.

Unmissverständlich trage Ich Mein Votum vor die Reihen derer, die da wissen wollen, wie es steht und geht mit ihnen und was die Weisen *dieser* Welt, wie jener, zum myriadenfach gesprenkelten Gescheh'n zu sagen haben.

Traust du dich, Mir deine Hand zum Mittun und dein Herz zum Mitgefühl zu reichen, nehm Ich dich an Kindesstatt begeistert an und lass dich Meine Güte und Gelassenheit, unendliche Beweglichkeit und Harmonie herzinniglich erfahren.

Was Ich will, ist die Verwirklichung von allen Meinen Träumen, die sich auf das Universensein beziehn und ihm Gestaltung und Gesittung, Wohnlichkeit und weiterführende Rochaden angedeihen lassen.

Du verkennst Mich, wenn du glaubst, dein minikriemes Reich in eigener Regie verwalten und gestalten, beglaubigen und sinngemäss beseligen zu können. Dazu Bin Ich in simultaner Weise ebenso berufen und befugt, notwendig und befähigt, bodenständiger und geisterfüllter geht's nicht mehr.

Meine Wirkung ist den Werten angemessen, die Ich universenweit verströme und Mein Regiment und Resümee sind von der höchsten Qualität und Kompetenz, beachtlicher Performance und Entschiedenheit beseelt, wie man sie sich nur denken kann im Numinosem.

All das soll Schule machen auch bei dir und soll dich dazu animieren, dich förmlich in das Weltgeschehn zu integrieren, damit es sinnvoll, lauter und gerecht wird an den Myriaden Wesen, die ihm zugeordnet und -gewendet sind im Zweck und Zwick, den sie beständig und inständig an ihm zu erfüllen haben.

Das ist nun einmal Meine These und soll auch die deine werden, unmittelbar und glorios im lichterstrahlenden Allhier.

7.2

Ein einzigartiges Tableau erscheint vor deinen Augen, wenn du das lebendige Leben, das du bisher führtest, vor dir aufschlägst und es sinnend und salut betrachtest im faszinierenden Vor-dir-Erscheinen.

Vielem trauerst du nicht nach, was dich bloss strapaziert und scheinbar unnütz aufgebracht hat im empfindlichen Gemüte. Anderem verleihst du ein wohlwollendes Erinnern, weil es dir so richtig passte, es herzinnig zu erleben.

Sind für dich die Jugendstürme auch vorüber, gibt es immer noch genügend kapriziöse, kernige und kniffige Ereignisse, die dich vollauf fordern und dir alles abverlangen, was du noch zu leisten fähig bist in deinem unstillbaren Seins-Verlangen.

Jeder hat zuerst sein Gärtchen und Geviert zu pflegen, dann aber ist er auch dazu berufen, als Weltenbürger für das, worin er sich bewegt, gerad zu stehn. Das verlangt viel Sachverstand und Einsatz, Sensibilität und kluges Operieren von ihm, dem er sich gewachsen zeigen sollte. Überspannen sich die Nerven, wirke Ich besänftigend und liebvoll auf sie ein, bis wieder Harmonie und Friede herrschen im Gemüt. Ist dir das genehm, so musst du es auch wollen und dafür vom Blatt ein bittend Liedchen singen, Mir und Meinem Gegenwärtigsein entgegen.

Ich kann nur fördern, was von dir in freiem Dich-Entschliessen eingefordert wird im guten wie im üblen Sinne, wie es eben um dich steht.

Auch Meine Wände haben Ohren und die sind auf's spinnefeine Lauschen ausgelegt, damit Ich immer weiss, wie es um dich und um das Ganze steht, für das Ich Mich verpflichtet fühle. Meine Hierarchien sind zwar himmelhoch ins Geisteswissenschaftliche erhoben und dennoch sind sie Tuch an Tuch in Fühlung mit dem irdischen Gepränge und Gehänge, liebevoll verwaltend und agil.

Du kannst Mir glauben, dass es Mir in allem, was da abläuft, darum geht, den Lebensdingen Heiterkeit, Gutwilligkeit und Sinnkraft zu verleihen. So wird dann alles gut und deine Güter sind in Sicherheit gebracht in Meinem Seinsgebiet und Allumfangen.

7.3
Jeder Tag beginnt in voller Harmonie in der Herrlichkeit der Welten und beschliesst sich ebenso vollkommen und autark, bewusst und glorios in Ihm.

Was *Ich* Mir Bin beweist der Nachklang Meiner galaxienweit erteilten Seinsbefehle, die der Entwicklung der Gegebenheiten und Gelegenheiten dienen.

Ich erkläre Mich zum Überwinder aller evolutionsbedingten Schwierigkeiten und lasse auch nicht die geringsten Minderungen zu, die sich aus Trägheit und Gewissenlosigkeit ergeben könnten.

Meine Liebe zum Geschaffenen ist dauerhaft und zärtlich, konstituierend, sinnkraftschaffend, sich verschenkend und entschieden generös.

Was einmal Gültigkeit, Glaubwürdigkeit, Gesetzlichkeit und Liebenswürdigkeit in Mir erlangt hat, wird es bis in alle Ewigkeit begeistert sein und bleiben.

Ich schwinge ein und schwinge niemals wieder aus, dort, wo es darum geht, Unendliches in Schwung zu halten.

Der enorme Aufwall guter, glorioser und gewissenhafter Geister macht es möglich, dass das Ganze unvermindert weitergeht und zu neu geschaffnen Höhen emergiert.

Das Triftige begründet sich als treffend in sich selbst und dehnt sich aus, so majestätisch und Geschwindigkeit verhallend, dass der Blick darauf einhellige Begeisterung gebiert allüberall, wo Weltempfinden dominiert.

Ich Bin von Licht und Weisheit ein beredtes Glänzen und von Liebe ein bedeutungsvolles Tun, das Harmonie schafft, allgemein gehaltenes Verständnis und beseligenden Frieden.

Wir intonieren "Gross Bist Du und heilig im myriadenweiten Chor" und Meinem damit uns in der Gemeinschaft derer, die das All regieren und in ihm beredten und beglaubigten, bewundernswerten und erhabnen Einsitz eingenommen haben.

Das gilt und hält die Geltung aufrecht während neu erwachsenden Äonen in der Myriadenschar der Lebensgeister im Allhier. Ihnen ist das Gloriose, Segenreiche und Subtile zuzutrauen, das in aller Güte wirkt und die Glückseligkeit des Himmels offenbart im Unermesslichen.

Ich definiere so - und so wird es auch sein nach unseres Willens Fertigkeit, Balance und bewussten Strategie. Liebe herrscht und Seinserkennen überall, wo Ich Mir Bin in gottgesegneter Symbiose und Manier.

7.4

Auf Mein Wort und Meinen Wink *wird* alles, was da *ist* und befindet sich seitdem im Zustand der Bewegtheit, Seins-Erfahrenheit beredter Sinnkraft, Hocherhabenheit und geisterfüllter Ruh. Von Meinem Weltensein umflossen benedeie Ich Mein Werk mit liebevollen Händen und vereine es im gloriosen Fortgang der Geschichte immer inniger mit Mir.

In Meinen Geisteshöhn sind unaufhörlich Harmonien und Glückseligkeiten zu vernehmen. Meinem Sinn gemäss vollzieht sich alles Seins-lebendige in wunderbar gesitteter und liebevoller Ruh.

Gibt es noch Gesprenkeltes, so kultiviere Ich sein Kommen zu bemerkenswertem Wohlverstand und einigem Bestreben, Güte und Gelassenheit, Mustergültigkeit und Liebe zu verströmen.

In Mir ist alles Wohlgeborgenheit und Sitte des Genesens, Heilempfinden, lichterstrahlendes Bewusstsein und harmoniegesättigtes Empfinden Meiner selbst im Unergründlichen.

Vollendete Gelassenheit, Gutmütigkeit, Barmherzigkeit und Benedeiung dessen, was Ich Bin, sind die Wirklichkeiten, die Mein Sein bestimmen und es in elysische Befindlichkeiten und Beglaubigungen heben.

Wo Ich Bin, geschieht das Wunder des harmonischen und liebevollen Beieinanderseins der Weltengeister, die des Universums Pracht, Bewegtheit, Lichterfülltheit, Authentizität und Numinosität bewusst zu pflegen und auf immerdar in seiner Fülle zu erhalten wissen.

Neue Räume zu erschliessen und beleben ist ihr Metier schon sein Äonen und sie in Schwingung reingefühlter Musikalitäten zu versetzen ihr begeisternd und beseligendes Los.

So wird von Mir bestimmt, was überall zu sein hat und in was Ich Mich voll Selbstvertrauen und entzückender Regie begebe. Das ist so gut und glaubhaft wie der Gipfel der Gottseligkeit, den Ich erreicht und seit eh und je ins Weltenall versendet habe.

7.5

Du wirbst für was, wenn du die Feder tauchst ins Tintenfässchen? Ich für immanenten Herzensfrieden. Wo du gehst und stehst, begleite Ich dein

Wesen mit der Vorsicht, die man Kindern angedeihen lässt in schutzbedürftigen Lebenszeiten. Das hat, selbst in deinem fortgeschrittnen Alter noch den Sinn, dass du dem Einfallsreichtum der Sirenen nicht erliegst, in deinem Deinen-Lebenswillen-Stählen.

Ich versetze dich in Meines Denkens Üppigkeit und Strategie in den All-Weiten Meines Gegenwärtigseins als Geist vom Geiste, Sinn vom Sinn und Kraft von Kraft im Unergründlichen.

Wie Ich Mich verhalte, soll auf dich den Eindruck eines Grandseigneurs und Gabenspenders, richtungweisenden Ministers und Propheten hinterlassen, wenn Ich, mit schaukelnden Gedankengängen, kaum bemerkt, an dir vorüberdriftete.

Der Impetus Meiner Güte macht dein Dasein auf die Dauer grandios und befähigt dich, genauso aufzutreten, wie *Ich* es Mir gewohnt Bin in den geistgesättigten Verbindlichkeiten, die Ich weiss in unnachahmlichem Perfecto aufzutragen.

Deine Würde ist der Meinem untertan, derweil Ich dich der Sagenhaftigleit des Geisteshimmels anempfehle. Ich walte, waltend auch in dir, um auf allen Ebenen des Daseins Ordnung, Harmonie und Heiterkeit zu schaffen, ohne jeden Tadel und jedwelches himmelschreiende Tabu.

Ich erglänze nicht nur im gestirnten Nachtgewölbe, sondern auch im Innesein von jedem sich verkreisenden Atom, das mir sein Sein verdankt seit aller Zeit im Zug der Myriaden.

In Meinem Aufwall findet sich die Grazie wieder, die in vielen Regionen schon verloren schien. Aus Meinem Seinstalent erheben und ergeben sich konstant und krisensicher neue Aspirationen. Das macht das Weltsein licht und wunderschön in Mir wie dir in allen Daseins Regionen.

7.6

Heil und Helle feiern sich in Mir und sind der Grund für Meine Zuversicht im Sein und Seligsein, wie im allweiten Aussenleben.

Ruhm und Ehre sind die Attribute Meiner Selbstverständlichkeit im Mich Erleben und begleiten Mich diskret und zuverlässig durch Universenweiten, hilfreich und entschieden auf der Fahrt zu Meinen Weltenmissionen.

Ich regle und regiere. Heute noch beginnt, beschliessend und gehorchend, was zu unternehmen ist, um zu den erzielten Resultaten neue, noch gediegenere und bewundernswertere hinzuzufügen. Das ist Mein Satz und Ansatz immer schon gewesen, dass Mein Walten und Gewalten unerhörten Nutzen zeitigt und verbindlich und vergnüglich ist für die Myriaden Involvierten.

Ich traue Mir Enormes zu im Überlegen, was es noch zu schaffen gäbe und was zum nächsten Ziel erkürt und zeitig eingeleitet werden soll, damit es reüssiere und den Dienst im richtigen Moment quittiere.

Ich gehe niemals fehl mit Meinen selbst erfundnen Dispositionen und treffe ausgerechnet und geschmeidig dort ein, wo die Sache brenzlig und brisant geworden ist im allgemeinen, wie im ganz besonderen Eklat, der zu meistern ist von Mir.

Ich winde Mich aus nichts heraus, was von Mir tätig und gebieterisch zu überwinden ist und befehle und empfehle träfe Sanktionen, wo es nicht mehr anders geht, als heftig, deftig und entschieden zuzuschlagen.

Gehst du mit Mir einig, ist es gut, wo nicht, musst du den Weglauf selber finden, der dir schlüssig scheint und machbar unter vielen Unergiebigen.

Wir wandeln zwar zusammen fürbass durch die Weltenzeiten, jeder muss jedoch nach seiner Eigenart kutschieren, damit sein Wille Nachhall findet und sein Wesen Satisfaktion im unergründlichen und unerschütterlichen Welt-Betrieb.

So geht vonstatten, was geschehen soll und muss, wobei ein jeder und ein jedes seinen Meister und Beglaubiger, Seinsminister und verständnisvollen Mentor finden muss in Mir. Darauf habe Ich Mich eingeschworen und bist auch du geboren, um des Herzensfriedens Willen im Allhier.

7.7
Berenice teilte ihren Sternstaub in zwei Hälften. Die Eine gab sie Mir, die Andre dir, um darzustellen, wie geteilt wird in den himmelsräumlichen Gebieten.

Das hat zur Folge, dass ein wunderbares Gleichmass herrscht an Licht und Freude über dir, wie Mir, dort wo die Himmelslichter sich befinden und wo wir uns bewusst und heiter zur Erbauung hinbegeben.

Ich trickse niemand aus, der sich zum Ziel gesetzt hat, Mir und keinem Andern zu gehören in der Vielfalt der Entscheidungen, die möglich sind, in allen Regionen reinen Seins in Mir.

Hörst du so hin, so mag es dir absurd erscheinen, was geredet wird in Meinen geisterfüllten Sphären. Doch sind es reine Phantasien, die der Herzensruh entspringen und entschieden der Zerstreuung dienen.

Nichts, was einmal *ist*, kann wieder unbewusst gemacht und als nichtig von Mir ausgeschieden werden. So häufen sich die gottbegnadeten Gedankenmengen ständig an zu einer Fülle von immensem Ausmass in den Geisteshöhn. Sie überbieten sich im Variieren ihrer Kombinationen und tendieren dazu, sich von links wie rechts her mit dem zu bereichern, was von anderen bedacht und in die Universenräume ausgestossen worden ist seit Urgedenken.

Nun halte Ich dies alles säuberlich in einem einzigartigen Gedankenmeer zusammen, das Ich tunlich überschaue und aus dem Ich Mir das Künftige zusammenreime, was zu geschehen hat und auch geschieht in Myriaden klugen Explikationen, Konsultationen und Entwirrungen im gotteslichtigen und seinsgewichtigen Allhier.

Das ist nun der Punkt, von dem die Sache ausging und zu dem sie wiederkehrt, um von neuem einen ungeheuren Ausbruch zu gebären. Du sollst ihn mit Mir nachvollziehn und daran deine Freude und Begeisterung, Befriedung, Satisfaktion und strahlende Beglückung finden.

7.8

Ich Bin die Güte, Unverbrauchtheit und Gelassenheit des Alls, in dem Ich wese. Meine Züge sind perfekt nach Meines Willens Zug geschliffen und verstehen sich als Summa aller Seinsbewegungen, die sind und universenweit ihr Sein verstrahlen.

Ich trete auf als der, der anfing seinem Dasein nachzuspüren und den Lebenslauf nach den Prinzipien der Geisteswelt zu führen in erhabenem und grandiosem Stil. Das bescherte Mir ein Ansehn vor Mir selber von enormem Takt und ausserordentlicher Schmiegsamkeit an das allweltliche Gedeihen.

Ich sah Mich kommen und liess Mich nicht mehr gehn, worauf der unerschütterliche Friede einzog in Mein Herz - und Heiterkeit und Harmonie Mich allezeit beseelten.

Würdest du in diesem Sinne mitziehn, könnte eine Welt von Liebenswürdigkeit, Verständnis, Achtung und Gemeinsamkeit erstehn, in der sich leben lässt wie ins Elysium geboren. Die Kunst erblüht und Künstlichkeit sieht sich zum vornherein verloren.

Da geniesst dann, was Ich Bin, Priorität vor allen anderen Bestrebungen und Maximalitäten und was bei Mir gilt, muss für alle Geltung haben.

Ich liefere Mich nicht aus, sondern bringe ein, was gottgefällig und erhaben über allem Krimkrams ist, der sich an Mich herandrängt und Mir weise machen will, was gilt und gültig ist in seinen Niederungen.

Ich aber weile derweil in hochbedeutenden Gefilden des unendlichen Gewahrens und Bewahrens Meiner wahren Urkraft und Identität, Prosperität und Lebenstüchtigkeit von Gottes eingebornen Gnaden, die die Deinen sind, wenn du nur willst sie ständig intus haben.

Bin Ich in dir, so Bist du auch in Mir und hast dich schliesslich über nichts mehr zu beklagen. Deine Kräfte sind gestählt vom Übermass der Meinen und deine Meinung ist perfekt die Meinige geworden.

7.9

Willst du Mich verhöhnen, so leer nur weiter deinen Abfall vor Mein Seinssystem. Damit versperrst du dir die Sicht auf Meine Weiten und verschliessest dich in deinem Kosmos folgenschwer.

Ich aber trete wie die reine Sonne strahlend vor dich hin und verkünde dir die Liebe dessen, den du noch verschmähst und der in deinem Hause wohnt, ohne dass du ihn gewahrst in deinem Blindlings-um-dich-Schlagen.

Da beginnt die Unzufriedenheit in dir zu gären, du suchst Erlösung von dir selber, derweil du sie schlussendlich nur in Mir und Meinem Dasein finden kannst.

Allmählich dämmert dir die Einsicht, dass in deinem Wesen Kräfte wirken, nicht von hier und dass sie dich zu dem erheben wollen, was du Bist, in ihnen.

Das kreiert Vertrauen, und Vertrauen führt dich auf den Weg der guten Hoffnung auf das Wachsen, einem unbekannten, aber höchst erstrebenswerten Ziel entgegen.

Du beginnst Gebote und Verbote in dir zu gebären, die dich ständig und inständig höhwärts führen in Mein weitgespanntes Zelt, wo die von sich selbst Erlösten residieren.

Bist auch du dir Meiner Hilfe sicher und bewusst geworden, darfst du künftig ohne Zweifel und Verluste vor Mir hergehn als ein Held und eine Heldin der Wahrhaftigkeit und Tugend, Gläubigkeit und Wesenhaftigkeit am Sein und Leben. Das entspricht dann dem, was Ich an evolutionenlangem Forschen, Finden und Verbinden angesponnen und vollendet habe.

Mein Verlangen nach Gerechtigkeit und Frieden ist subtil und kann trotzdem im allweiten Evolutionen-strom von niemandem umgangen, ignoriert und ausgehebelt werden.

Ich Bin und überwalte Meine wohldurchdachten Züge und Bezüge auch in dir, um diese zu befruchten und zur wundervollen, wonnevollen Blüte aufzuziehn. Was Ich in dir repräsentiere ist des Allseins Wunder und Behutsamkeit im Werden, wie im Nimmermehr-Vergehn. Du Bist, so wie Ich Bin, in Tat und Wahrheit das Erscheinen, das da *ist*, in Glorie und All-Vereinen.

7.10

Auf jeden Fall sollst du dir bestens überlegen, mit wem du dich zu unterhalten trachtest, wo und wie. Das mag dann ein schönes Melange, Meisterstück und Rätselwort darüber geben, dort wo du hineingegangen bist, oder lieber anderswo.

Bei Mir vollzieht sich das auf andere Weise, weil du zugleich immer drin und draussen bist mit deinem

Sein in sehr verschiednen Regionen. Du Bist in Mir und weisst es nicht und Bist in dir und kannst es nimmer wissen mit deiner sommersprossigen Visage.

Ich aber weiss und mache Mir kein Hehl daraus, es dich genauso wissen und erfahren, prästieren, estimieren und verinnerlichen zu lassen, wie es bei Mir geschah und Mich zu dem gemacht hat, was Ich Bin, in vertrauenswürdigem Mich-dir-Empfehlen.

Kannst du blättern, blättere für einmal rigoros zurück, bis zur Mitte der Geschichte, wo geschrieben steht: Du warst und bist nun in die Welt geboren mit Fleisch und Blut, mit Gicht und Galle, wie mit der Fähigkeit zum denkenden Gewahren und Bewahren deiner selbst im Unergründlichen.

Bin Ich dir gut genug, so kannst du Mich auch haben wie Ich Bin, so wohlgesonnen und erhaben. Du kommst in deiner Welt erst richtig an, wenn du dich in Meiner völlig etabliert und eingerichtet hast zu deinen, wie zu Meinen Gunsten.

Der Kern der Sache ist die Bildlichkeit, mit der du dich umgibst, um dich galant und zukunftsträchtig durchzuschlagen. Hierzu kann Ich dir die Regel und Empfehlung präsentieren: Konzentriere dich auf was Ich in dir Bin und lasse dich von keinem andern Bilde und Gebilde seitwärts in die Irre leiten.

Wo dir das gelingt, bist du ins Sein gerettet und gebettet, das Ich Bin und von dem du alle Segnungen empfängst, die dich schlussendlich wohlbehalten, heiter und respektvoll ins Elysium führen.

7.11

Ich schenk dir einen Marathon, den du erfüllen kannst nach deinem Selbstbelieben. Der Start ist anspruchslos, die Strecke jedoch ist mit soviel Tücken und Entbehrungen behaftet, dass du bald ins Schwitzen kommst, bald mit kalten Füssen deiner Wege gehst aus unergründlichem Empfinden.

Du weisst nicht, kommst du zeitig an und bist doch fest dazu entschieden, es zu schaffen und dich damit selber zu besiegen.

Was du immer für dich ausheckst, ist von Mir im Weltplan inbegriffen, den Ich weidlich, weislich und entschieden vor dich hingelegt, damit du ihn erfüllen hilfst in deinen kargen, wie in deinen wonnevollsten Tagen.

Was immer kunstvoll ist, hat mit Meiner Gegenwart zu tun im Weltgetriebe, das von Horizont zu Horizont reicht individuell für jeden, den Ich auf den Weg geschickt und ihm den Marsch geblasen habe.

Du kommst Mir dabei vor wie Einer, dem die Augen noch verklebt und zugekniffen sind in seinem linkischen Verhalten, das im Tasten und Versuchen sich erfüllt, ob ihm dieses oder jenes wohl gelingen kann im Vorwärtsstreben. Hast du endlich eingesehn, dass es ohne Meine Hilfe nicht mehr weiter geht, will Ich sie dir gern und gut gewähren, womit auch Ich Mein Ziel erreichen kann im allerwürdigsten Betragen.

Bei Mir wird nichts und niemand auf die lange Bank geschoben, weil Mir sonst der Faden der Geduld zerreissen könnte im trödlerischen Tun.

Du verkennst Mich, wenn du glaubst, auf deine Art mit Mir Geschäfte tätigen zu können, denn Meine Gangart ist allein von dem bestimmt, was *Ich* Mir in den Sinn gesetzt und ausbedungen habe.

Kooperativ zu sein sei die Parole, die dir ständig auf der Zunge und am Herzen liegen soll, damit das Weltall sich mit gut gesetzten Taten fülle und zu einer Stätte wird des wonnevollen Weilens, wie des seligmachenden Sich-selbst-Verstehns.

7.12

Gläubig und gerissen sollst du dich durch's Leben schlagen im Bewusstsein Meiner Hut und Meiner Stärke auf dem Erdenplan. Ratsam ist es für dich immer, vor gewichtigen Entscheidungen Mich zu konsultieren, um durch Meinen Ratschlag radewegs zum Ziel deines Verlangens zu gelangen.

Ich seh dich wie ein Bergfloh Kurv um Kurve radenld in die Höhe steigen und dabei Hochgemutheit und Glückseligkeit erleben, die mit deinem Tun einhergehn zweifellos.

Im Umgang mit den grossen Tieren lässt sich manches unbegreiflich und verschroben an. Ihr Wille ist kaum einem allgemeinen Willen zuzuordnen und ihr Plansoll ist vom Volk nur unter Müh und Ächzen zu erfüllen.

So scheint es wohl am vorteilhaftesten und unverfänglichsten für dich zu sein, zu schweigen, statt zu rebellieren und nach Gesetz und Ordnung zu verfahren, statt gegen ihre Finten und Verlogenheiten aufzustehn.

Ist dir etwas nicht plausibel, so legst du das Problem am besten Meinem Weistum vor und erwartest ruhig Mein Erwidern. Was dabei herauskommt, darf sich wahrlich sehen lassen in der Reihe derer, die dem Weltenlauf ihr Merkmal aufzuprägen und verpassen wissen.

Du bist so gut wie *Ich* es Bin in dir und deinem Über-dich-Verfügen. Beständig schliesse Ich Mich fester an dich an in dem Mass in dem du es geschehen lässest vor und hinter dir.

Was immer du zu arrangieren trachtest, darfst du ungeniert als Einfall in Mein Seinsgewissen legen, damit es dort veredelt und gereift wird bis zur höchsten Fülle des Gedeihens. Das trägt dann Früchte für die Welt in der du lebst und schliesslich auch die Andern leben. Rund läuft, was von dir wie Mir gerundet worden ist und heil und heiter wird, was du in Meinem Namen anpackst und verwirklichst, als rentabel einstufst und dem Weltlauf zuführst in bewundernswerter und unendlicher Manier.

7.13

Das Gravierende hinterlässt natürlich seine Spuren, wobei jedermann bestrebt ist, sie so gut wie möglich auszuwischen, damit sie seinem Ruf nicht schaden können. Das mag an sich verständlich sein, ist es aber nicht vor Meinen Augen, weil vertuschen schadet und die Täuscher ihres glänzenden Profils beraubt.

Ich gebe dir Dispens soweit wie möglich von der Art und Weise, wie *Ich* die Entwicklung für dich seh. Dann aber heisst es strikt gehorchen, damit du nicht durch Unvernunft im Handeln leiblich, seelisch Schaden leidest.

Viele Lebensdinge sind dir unverständlich, weil sie in höherer Absicht von Mir angeordnet sind, um deine Werte nachzubessern und dich wieder auf den sichern Pfad zu lenken.

Nächstens soll bei dir nicht übernächstens werden, sonst wird zu wenig oder schliesslich gar nichts Vernünftiges mehr getan. Mein Wille wird in dieser Hinsicht nimmer lahmen, weil er vom unendlich Energetischen gespeist wird, das Ich noch für Myriaden in Mir angesammelt habe.

Nun gilt es für dich auszuharren und gemäss dem göttlichen Befehl auf Kurs zu bleiben, so sicher wie die Vogelschwärme, die zum Überwintern in den warmen Süden ziehn. Auch in deinem Leben ist ein Kommen und ein Gehn, das sich über Zeitenräume hinzieht, die dir heute noch gigantisch scheinen. Aber wahr und wirklich ist es doch, dass die Evolution für alle Wesen sich in staunenswerten Seinsverwandlungen vollzieht, die dem Seher wohlbekannt sind in unendlicher Manier.

Klage nicht darüber, dass alles für dich viel zu lang sei, denn Ich werde auch für deine Kurzweil sorgen im Bereich der schöpferischen Aktionen, die im Überall vorhanden sind. Ihnen wirst auch du ein Loblied singen und dabei der Lust am Dasein frönen in Beglückung und Befriedung, Leutseligkeit und Liebe.

7.14

Spute dich, wenn du zur gegebnen Zeit noch in die rechte Zone kommen willst in Meinem Liebesgarten. Es beschäftigt Mich, dass du solange trödelst, blödelst und Begriffe konstruierst, die mit Mir und Meinem fulminanten Dasein keinen Deut gemeinsam haben.

Du glaubst, dass dir zu deinem Glück nichts fehle, derweil du alledem entbehrst, was Mich betrifft und Mein herzinniges Gebaren.

Wie könnte es denn anders sein, wenn du so sehr auf deine Beute pochst im wissenschaftlichen Verkehr und liegen lässest, was dir zum wahren Wohl und deiner Seele zur Erbauung und Befriedung diente.

Wozu die vielen Worte, wenn das Eine fehlt zur frischen Tat, die Ich damit befehle.

Ich glaube dir auf's Wort, wenn du damit verkündest, was du nächstens tun willst Schritt für Schritt zu Mir. Glaubwürdiger wirst du, wenn du auch wirklich Mir entgegen gehst in deinem Das-Allheiligste-Umrunden.

Rechtens sollst du alleweil in Meinem Gangway stehn, von welchem Ich dich jederzeit abrupt zum Einsatz rufen kann. Das gibt dann eine Folge von Gefechten, die sich als äusserst effizient in *Meinem* Sinn und Geist erweisen.

7.15

Ich *Bin*, oder gibt es sonst etwas Bedeutendes von Mir zu sagen? Meine Ansicht von Mir selbst ist längst geklärt und auf dem neusten Stand gebührend eingerichtet worden. Somit ist es Mir ein Leichtes, Meines Reiches Angelegenheiten zu regieren und ihnen Anerkennung, Potenzial, Nachhaltigkeit und allgemeines Ansehn zu verleihen.

Ich erkläre Mich als der Beschützer allen Seins in seinen Niederungen und bewundernswerten Höhn sowie als Förderer der mannigfachen Künste, die von jedermann geübt und bis zur vollen Blüte hochgetrieben werden sollen.

Ohne Mich kann nichts Wesenhaftes und Gedeihliches geschehn, denn Ich Bin aller Wesen Wirklichkeit und Sendung, Sinngedicht, Wahrhaftigkeit und Allegrie.

Was willst du noch an anderm dich vergreifen, als von Meiner Redlichkeit und richtungweisenden Broschur auf's trefflichste bedient zu sein in allen Seinsbelangen und Ertüchtigungen, die auf Meiner götterlichten Linie liegen.

Was immer dich Begehrliches umschleichen mag, Ich halte es für dich im Zügel und lasse nur an dich heran, was für dich gut und heilsam ist für Ewigkeiten.

Vor allem ist es Mir daran gelegen, dir jede sinngerechte Bitte sogleich zu erfüllen, wenn sie nur mit Herzensinbrunst und unendlichem Vertrauen von dir ausgesprochen wird. Das beschert dir ein ereignisvolles und beglücktes Leben mitten in den kuriosen Wirrnissen der Welt im allgemein Bekannten.

Dir ist es nach wie vor zu gönnen, dass du meisterst, was dir auferlegt und zugesprochen ist von Mir und Meinem universenweiten Grossbetrieb. Findest du an dem, was *ist*, Gefallen, so garantiere Ich dir auch von Meiner Seite ganz dasselbe und lasse es in deinem Reich erblühn.

Wie gut ist es für dich, dich nah bei Mir zu wissen und wie gern umfange Ich dein Sein mit Meiner universenweiten Geistesgegenwart und lichterfüllten Gloriole. Schau es an und sei in Mir auf's allerbeste einquartiert und aufgehoben.

7.16
Was allein in Meiner Macht zu liegen scheint, ist auch in deine eingebettet, der du Bist als von Meines Geistes Wohlklang, Würde und Prosperität.

Was uns gemeinsam ist, soll auch im selben Gleichmass, Muster und Gehaben auf die Lebensbühne treten. Bist du bereit, in dieser Disposition und Machart mitzuziehn, so beschenke Ich dich reichlich und gekonnt mit der Fülle Meiner Geistesgaben.

Das versetzt dich in die Lage, in den Weltenaugen ein Genie zu sein und in den Meinen eine Kostbarkeit von Meinem Rang und Meiner Reputation.

Was immer dir zuwider läuft, will Ich mit Meiner virtuosen und bekömmlichen Voraussicht, Nachsicht und Bewusstheit auf ein angemessnes Mass hinunterschrauben, mit dem du ohne weiters kutschieren kannst, sagenhaft und generös.

Ich bin Mir's so gewohnt, gewaltlos vorzugehn, dass Ich Mir den Ruf der Milde und Barmherzigkeit, Grosszügigkeit und Zartheit zugezogen habe. Das öffnet viele Herzen, die vordem verstockt, missmutig, unentschieden und rebellisch waren. In dieser Hinsicht hast auch du dich schon auf einen vorteilhaften Weg begeben, der dich Mir und Meinen Segnungen gekonnt entgegenführt im Himmelblauen.

Sanktionen muss Ich bei dir keine mehr ergreifen, weil du in dir selber so gesättigt und befestigt bist, dass dir alles wohl gelingt in deinem ausgezeichneten Gehaben.

Meine Tagesration ist so bemessen, dass Ich allerliebst mit ihr zu Rande komme und sogar mit Überschuss zu rechnen ist im Kraftfluss Meiner Seligkeiten.

Ich habe Mich aus allen Ängstigungen und Befürchtungen herausgewunden, die das Lebendigsein zu irritieren und zu torpedieren suchen. Meine Position ist nun zu tiefst begabt mit friedevoller Harmonie sowie mit der konstanten Überzeugung, dass Mein Dasein an sich frei, vollkommen und erbaulich ist für lichte Ewigkeiten.

7.17
Nun danket alle Gott, dem Herrn der himmlischen Heerscharen und lasset ihn sein Werk an uns vollenden. Das ist der Segensspruch, der einer Menschheit wohl gebührt, die so sehr beschenkt ist mit der Fülle Meiner vielgeliebten Himmelsgaben.

Du magst es drehen und wenden wie du willst, Ich lasse dir die Früchte Meiner Felder täglich an der

Sonne spriessen und ernähre dich gekonnt und voller Zuversicht mit immer mehr.

Wo es Mir nötig scheint, vollziehe Ich Rochaden und wo's angebracht ist, stelle Ich zurück, damit die Lebensdinge wieder tüchtig spriessen.

Mein Heil ist programmiert auf Schienen, die noch nicht in deinem Dampfbuch stehn und es wird dich überkommen wie die Meeresflut sowie das Säuseln eines Abendwindchens auf den sommerlichen Fluren.

Beliebst du aufzumerken, merke dir Mein Wort der guten Gaben im Allhier, wie in den Weltenpfründen, die Ich Mir allüberall mit Vehemenz und Suplesse eingerichtet habe.

Bei Mir gibt es kein Wenn und Aber, wenn die Lebensqualitäten neu ins Lot gesetzt und ausgebessert werden müssen. Ohne Pardon leg Ich an und zu und vermehre, wo es etwas zu vermehren gilt aus dem Wohlstand, dem Ich Mich seit aller Zeit verschrieben habe.

Hier scheint Gelassenheit am Platz, den Ich seit ehdem eingenommen und auf's köstlichste für Mich beansprucht und behauptet habe.

Was immer Ich erbringe, ist noch jeden Rappen wert, den Ich dafür aufgeworfen und verwendet habe.

Meinem Lebensstil entsprechend sollst auch du agieren und prästieren, was dir vorgelegt und aufgebürdet worden ist im Frührot deiner Zeit nach Meinem Willen und Befehl.

Dabei zählt noch jede Geste, die Ich dir geweiht und zugeeignet habe aus des Gottesherzens liebevollem Licht und nie versiegender Tradition.

Ludwig Weibel, geboren 1933
Lebt in CH-9200 Gossau/St.Gallen
Homepage: www.das-sein.ch
E-Mail: ludwig.weibel@hispeed.ch